再会求愛

～一途なドクターは初恋の彼女を甘く奪いたい～

m a r m a l a d e b u n k o

宇佐木

マーマレード文庫

目次

再会求愛
~一途なドクターは初恋の彼女を甘く奪いたい~

再会求愛

〜一途なドクターは初恋の彼女を甘く奪いたい〜

1. 十四年ぶりの再会、約束

「佐々《さ さ》さん、休憩《きゅうけい》よ」

職場の先輩に促《うなが》され、私、佐々千夏《ち なつ》は「はい」と返し財布《さい ふ》を持って外へ出た。

ここは福島《ふくしま》県。四年制の専門学校卒業後、この地域の医療機関で〝ＯＴ〟――作《さ》業療法士《ぎょうりょうほう し》として働いて七年目になる。

作業療法士とは、いわゆるリハビリテーションに従事《じゅう じ》する専門職だ。

東京出身の私がなぜ地元を離れ福島へ就職したかと言うと、専門学校時代の実習先が今の職場だったから。

一カ月半の実習でお世話になった〝清心東病院《せいしんひがしびょういん》〟のスタッフたちとは気が合って、とても恵まれた環境だった。その病院から声がかかったとき、私は喜んで受け入れた。

住み慣《な》れた土地から離れて暮らすのに迷いがなかったわけではない。だけど、とある理由もあり、東京を離れたほうが仕事に専念できると判断した。

「暑……」

額《ひたい》に手を当て、空を仰《あお》ぐ。暑いと言っても都内と比べ、心地《ここ ち》のいい初夏。真っ青な空と生い茂る緑が癒《いや》しをくれる。

院内にも売店はあるが、昼時は混雑する。それに、ずっと屋内で仕事をしていると、束《つか》の間《ま》でも外の空気を吸いたくなる。

開放的な気持ちで近くのコンビニエンスストアへ足を向けると、スタッフ専用駐車場のほうから五十代くらいのスーツ姿の男性がやってきた。

「小泉《こいずみ》先生。お疲れ様です」

私が挨拶《あいさつ》をすると、男性は優しい笑顔を返す。

「やあ。お疲れ様。昼食の買い出しかい？」

「はい。小泉先生、今日は少しお早いですね」

細身で白髪《しらが》交じりの彼は県内で一、二を争う総合病院の医師で、うちの外科で出張医もしている。水曜日と金曜日の午後は小泉先生が担当だ。

清心東病院は病床《びょうしょう》数が約百五十床の中小病院。内科や外科をはじめ、泌尿器科《ひにょうきか》や人工透析《じんこうとうせき》センターなども開設しているため、主に年配の患者が多い。

うちの病院は数年前から医師不足に悩まされていて、その窮地《きゅうち》に手を差し伸べてくれたのが小泉先生らしい。院長とは昔からの知り合いだと聞いた。

「ああ。連れがいてね。情報共有の時間を取るために」

『連れ』の言葉に首を傾《かし》げ、きょとんとして小泉先生を見る。

「紹介するよ。外科医の遊馬由也《あすまよしなり》先生」

私は紹介された名前に大きな衝撃を受けた。その直後、小泉先生の後方から歩み寄ってくる人影が見開いた目に映し出される。

『遊馬』と紹介された男性を見て、心臓が止まった錯覚《さっかく》に陥《おちい》った。

百八十センチはある長身の彼は、そよ風に靡《なび》かせた黒髪と同じ漆黒《しっこく》の瞳《ひとみ》をこちらに向ける。途端《とたん》に動悸《どうき》は激しさを増した。

「遊馬くん、こちらは佐々さん。この病院のOT。ああ。東京出身の佐々さんは知ってるかな？　遊馬記念病院の跡取《あとと》りで優秀な先生なんだよ。つい最近テキサスから帰国したんだ」

「あ……はい」

なんとか反応をしたものの、動揺は収まりそうにない。尋常《じんじょう》じゃないほどの心拍数を感じては手のひらに汗が滲《にじ》んでくる。

彼、遊馬由也を私はすでに知っている。

私たちは学生時代に知り合った。彼は私があるときからずっと避《さ》けていた相手なのだ。そして、それこそが東京に留まらず、福島で就職した理由のひとつだった。

彼は私と違って表情をひとつも崩さず、まるで初対面みたいによそよそしく言った。

「遊馬です」

彼の他人行儀《たにんぎょうぎ》な挨拶にショックを受けている自分がいた。

私は当時『由也先輩』と慕っていたことを月日が経《た》っても鮮明《せんめい》に覚えているのに、もしや彼はまったく記憶していない……？

気づかれなくてよかったと感じる反面、あたかも初めて会ったかのような反応に、古傷を抉《えぐ》られた。

おずおずと頭を下げつつ、頭の中は疑念でいっぱい。目の前の彼は、間違いなく中学三年生のときに出会った相手のはず。名前も顔も記憶と一致している。

彼は十四年前から美形だったけれど、現在は落ち着いた雰囲気《ふんいき》と大人の色気が相まってより魅力的《みりょくてき》になっている。変わった部分と言えば、軽く横に流せるくらいに伸びた前髪と、若干《じゃっかん》声が低く艶《つや》やかになっていたところだろう。

「休憩中に足止めして悪かったね。じゃあ、またあとで」

完全に彼に意識を引かれていた私は、小泉先生の声で我に返る。

懸命《けんめい》に微笑《びしょう》を浮かべ、会釈《えしゃく》をしてふたりが立ち去るのをひたすら息を潜《ひそ》めて待った。

数秒後、ゆっくりと姿勢を戻すと、院内へ消えていく彼の背中が一瞬見えた。

先ほど青空を見上げて清々《すがすが》しかったはずの心の中は、一転して混沌《こんとん》としていた。

昼食はあまり喉《のど》を通らなかった。なんとかおにぎりをひとつ食べたという感じ。

それから回診が始まり、私はいつもと同様、ドクターや看護師について回った。が、懸命に仕事に集中しようと心がけていても、やっぱり彼と再会した光景が頭の中をちらついて離れなかった。

東京の大病院の後継者でもある彼が、なぜ地方へ？　都内にも多くの病院はある。それでも、万が一彼と遭遇《そうぐう》してしまったら気まずいと思って福島へやってきたのに。

私は動揺を隠せず、さらには心の中で落胆《らくたん》した。できるなら会いたくなかった。十四年経った今でも、こうして心を乱されているんだもの。

「佐々さん？」

ぼーっとしていたら看護師の本郷《ほんごう》さんに名前を呼ばれ、一気に現実に引き戻される。

気づけばすでにひとりめの患者の病室だった。

慌《あわ》てて姿勢を正し、「はい！」と声を上げる。

「越前《えちぜん》さんのリハはどう？」

越前さんとは転倒がきっかけで大腿骨頸部《だいたいこっけいぶ》骨折《こっせつ》という診断を受けた、六十歳過ぎの患者。彼女は私がリハビリテーションを担当している。
「あ、計画書通り進んでいると思います。越前さんもすごく頑張《がんば》ってくださってい
て」
手元の資料をもとに、ドクターの安積《あづみ》先生と本郷さんへ報告をした。
安積先生や本郷さんは、実習で来ているときからよく私に声をかけてくれていた。
安積先生は三十代後半でスタッフからも患者からも人気がある。ちなみに本郷さんは
四十歳過ぎたベテラン看護師で、とても面倒見《めんどうみ》のいい性格だ。
私は優しいふたりにすぐ心を開き、今ではすっかり打《う》ち解《と》けている。
「そう。順調ならなにより」
安積先生が軽く頷《うなず》くと、越前さんは目尻の皺《しわ》を増やして言う。
「佐々さんがいつもリハビリしながら励《はげ》ましてくれるんですよ。だから頑張ろうっ
て」
「はい。でもくれぐれも無理のないよう……。頑張って退院後に備えましょうね」
私はとてもうれしい思いで、越前さんへ自然とそう答えていた。
回診を終え、リハビリテーション室へ足を向ける。階段を下り、回診時に越前さん

からもらった言葉を反芻《はんすう》していた。

自分の励ましで『頑張ろう』と思ってもらえるのは、このうえない喜びだ。

私が作業療法士を目指したきっかけは、中学二年生の冬のこと。

小学生からソフトボールに明け暮れていた私は、当然中学入学後、ソフトボール部に入部した。中二の夏に先輩が引退してからは、春の大会に出場できる選抜メンバーになるべく、いっそう練習に打ち込むようになった。

選抜メンバー選考会を意識し、やや過剰《かじょう》な練習量だったのだろうと後に思うも、当時はただ必死に頑張っていた。そんな矢先《やさき》、練習中に仲間が打った球が右手に直撃し、橈骨遠位端骨折《とうこつえんいたんこっせつ》で全治四カ月と診断された。十一月終わり頃の出来事だった。

ギプス固定をされた直後は目標を失い、どん底まで落ち込んで笑顔もなくなった。

しかしその後、担当してくれた作業療法士に救われた。

彼女もまた、学生時代はスポーツをしていたらしく、私とは怪我《けが》の種類は違ってはいたものの、同じくつらい経験をしたと話してくれた。

『もちろんチャンスを逃したことは悔しいけど、同等かそれ以上のものを得たって思ってる』と、屈託《くったく》のない笑顔を見せてくれた。

単純かもしれない。でも彼女の話を聞いていくうち、私の心が軽くなっていったのは紛《まぎ》れもない事実だった。自然とリハビリテーションにも前向きになれて、気づけば『またソフトボールをやりたい、やるんだ』と決意していた。

春になり、大会には出場できなかったけれども、グラウンドに戻ることはできた。

その後、そうした彼女との出会いがきっかけで私は今の職に就《つ》いた。

リハビリテーションは患者自身の治癒《ちゆ》の可能性を引き出し、少しでも豊かな日常生活を送れるようにアプローチをする仕事。

思いやりと根気と、その人に合ったプログラムを常に考え、臨機応変《りんきおうへん》に対応する能力が必要な、大変な仕事だ。中学生のときに直《じか》に触れてそう肌で感じた。

当時の暗闇から救われた感覚は、時間が経っても薄れることなく鮮明に残っている。

いつしか目標になった作業療法士の夢は、いろんな経緯《けいい》を経て形になった。

だけど、夢は叶えて終わりではない。今なお続いていて、日々努力を重ねていかなければ――。

「……きゃっ」

やる気を胸に階段を軽快《けいかい》に下りて廊下に合流した瞬間、出会い頭《がしら》に誰かとぶつかった。

「す、すみませ……」

「いや。こっちこ……そ」

反射で目を閉じたまま謝った私は、聞こえてきた声に嫌な予感がした。

同時に顔を上げ、目の前にいる相手がやはり由也先輩で硬直する。

さっきは涼しい顔をして挨拶を交《か》わしていたくせに……今は私を見てやけに驚いた表情だ。つまり、彼は昔のことを忘れていなかったと考えていい。

そうとわかると気まずさに拍車《はくしゃ》がかかり、足が地に張りついたように動かない。まるで自分の足ではなくなったみたいに。

周りはしんと静まり返っているのに対し、頭の中は混乱していて胸はざわついている。私は手にしていたファイルをぎゅうっと抱きしめ、おもむろにお辞儀《じぎ》をした。

喉が張りついて声が出ない。そのまま唇《くちびる》を引き結んで、ようやく一歩踏み出した刹《せつ》那《な》、彼の声が耳に届く。

「ちゃんとOTになったんだな」

そのひと声で、背《そむ》けていた顔を簡単に上げてしまった。

本当に私を覚えているんだ。

私が作業療法士の道へ進んだのは、リハビリテーションを担当してくれた女性がきっかけではある。しかし、その後背中を押してくれたのは紛れもなく彼だった。

彼のまっすぐな視線に捕まり、複雑な感情を胸に抱《いだ》く。

「は……い」

どうにか掠《かす》れ声ででも返事ができれば、身体も動く。

私は俯《うつむ》いたまま、そそくさとその場を離れようとした。

「また逃げるのか」

彼の横を通り過ぎるや否《いな》や、ひとこと投げかけられる。瞬間、ギクッとして肩を揺らし、立ち止まった。

彼の声音《こわね》からは、どんな心情でそのセリフを口にしたのかわからない。そうかといって、後ろを振り返って彼の表情を確認する勇気もない。

胸が詰まる思いで唇を噛《か》みしめ、なるべく感情的にならないように答える。

「仕事中なので。失礼します」

声はギリギリ大丈夫だったが、ファイルに添えた指は小刻《こきざ》みに震《ふる》えている。

今抱いている感情は簡単には言い表せない。苦々しい思い出とともに、居《い》た堪《たま》れない気持ちでいっぱい。しかし『また逃げるのか』の言葉に、反論したくもなったのだ。

それらすべてをグッと飲み込んで、前を向き再び踏み出す。

彼の気配から一刻も早く離れたくて、足早にリハビリテーション室を目指した。

彼と再会して二日経った。

大人になった彼と対面してから、やたらと昔の出来事を回想してしまう。まだこんなにもはっきり思い出せる。そんな自分に苦笑する。

私は職場に着くと気を引きしめ直し、サックスブルーのケーシーを纏《まと》った。ケーシーとは半袖《はんそで》で立ち衿《えり》の形をした白衣のことだ。

実習のときは専門学校で用意したネーム入りのケーシーだった。同じケーシーでも、ここのスタッフと同じものを初めて着たときは感慨深く思えたものだけど、七年も経てばすっかり慣れた。

私の仕事は休日シフト制。始業時間を迎え、今日もまずは電子カルテと真剣に向き合って仕事に集中する。入院患者のほか、急な外来のリハビリテーションの対応にも追われ、ひっきりなしに動いていた。

最後の患者を見送り、「ふう」と息をつく。仕事を無事に終えた安堵《あんど》の息だ。

スタッフルームへ戻るや否や、二年先輩で仲がいい小林恵《こばやしめぐみ》さんがずいと顔を近づけてきた。

「ねえ。さっき小泉先生のとこのイケメン先生がリハ室見に来てたよね！」

私は恵さんの発言に内心動揺し、反応できずにいた。すると、彼女は意気揚々《いきようよう》と由也先輩の情報を口にしていく。

「佐々さん、まだ知らない？　三十歳くらいの外科の先生！　小泉先生がいる病院に最近定期的に来てるらしいの」

恵さんは嬉々《きき》として続ける。

「しかも、あの遊馬記念病院の院長の息子さんらしいよ！　福島県民の私でも名前くらいは知ってる病院だもの。加えて独身っていう話だから、うちの看護師も陰《かげ》で大騒ぎ。本気で玉《たま》の輿《こし》狙ってる人もいるみたい」

玉の輿という単語に私はちょっと驚いた。

確かに、彼の肩書きや年齢を考えると、そういった言葉が出てもおかしくはない。いや……むしろすでに相応の女性がいるんじゃないのかな。あれだけ容姿も肩書きもハイスペックなら、人気があって当然だし。

そう考えると同時に、過去に見た光景が瞬時に浮かんだ。

それは、由也先輩と当時の彼女とのツーショット。

とても綺麗《きれい》な女の子と親しげに並んで歩いているのを目撃し、まだ中学生だった私は言い表せないほどの衝撃を受けた。

当時、由也先輩に対して淡い恋心を抱いていたから……。

もう長い月日が過ぎたというのに、彼と再会した途端、胸の奥の鈍い痛みさえもありありと蘇《よみがえ》る。過去に引きずられかけているのに気づき、はっと意識を今に戻す。

「そ、それにしても、なんでその先生がうちの病院にまで？」

由也先輩とは挨拶を交わしただけで、詳細までは知らされていない。

正直、彼の存在をなかったことにして過ごすのは無理だ。ならせめて、彼の行動パターンなどの情報を入れておけば、顔を合わせずにうまく避けられるかもしれない。

「遊馬先生、前々から小泉先生の論文に興味を持ってたらしくて、今回多忙の中スケジュール調整して来てるみたい。小泉先生について回るだけで、なにか勉強になるのかもねえ」

確かに小泉先生は、論文発表はもちろん、ときどきテレビにも出演していたりと医師界隈《かいわい》では有名だ。医師だけでなく患者からも人気があり、うちの病院も小泉先生が出張医として来てくれてから、低迷気味だった患者数が安定したと聞いた。

恵さんは電子カルテを開きながら苦笑する。

「イケメンで将来有望で勉強熱心って、超優良物件よね。まあ私たちみたいな一介《いっかい》のスタッフが大病院の跡取りである彼と結婚するとなればいばらの道だし、第一チャンスもないだろうし、考えるだけ無駄《むだ》よね。現実的に考えたらさ」

彼の家については、出会ったときに少し聞いて知っていた。

当時、彼は私には想像もつかないような生活をしていた。

有名な私立校へ通い、放課後は塾《じゅく》と家庭教師……。すべては遊馬記念病院の跡を継ぐため。彼はそういった環境下で育ち、現在も変わらない、雲の上の存在。

十代半ば頃は、現実よりも自分の感情が先走ってしまい、冷静に物事を考えられなかった。けれども、二十代後半にもなった今なら……きちんと置かれた立場や可能性の有無《うむ》くらいは考えられる。

気持ちを整理していたら、ふいに恵さんに顔を覗《のぞ》き込まれた。

「あれ？　がっかりしちゃった？」

「まっ、まさか！　やめてくださいよ」

「隠さなくてもいいよ～。私も本音《ほんね》を言うと、可能性はゼロではないって密《ひそ》かに思っちゃってるからさ」

にんまりと口元を緩《ゆる》めて言われ、私は頬《ほお》を熱くしてまた否定を繰《く》り返《かえ》した。

その後、書類を作成し、定時を三十分過ぎたくらいで職場を出た。

裏口から駐輪場へ向かう途中、人影が近づいてきたのに気づき、視線を上げる。

瞳に映ったのは由也先輩で、私は彼の姿に驚倒《きょうとう》し、咄嗟《とっさ》に声が出なかった。

彼はまっすぐにこちらを見て、口を開く。

「終業後だったら話しかけても問題はないだろう？」

彼の第一声に唖然《あぜん》とし、相変わらず言葉が出せない。しばらく時が止まったように由也先輩を見上げていたが、どこからか人の話し声が聞こえてきてようやく我に返る。

「申し訳ありませんが、ここでは目立って困ります」

スッと目を逸《そ》らして素《そ》っ気《け》なく返すも、彼は動じず淡々《たんたん》と答える。

「じゃあどこかへ移動しよう」

「私、自転車なんです。先生はお車ですよね？　一緒に移動するのは難しいですね」

「いや。公共交通機関で来た。さっきは小泉先生の車に乗せてもらっただけ」

予想外の返答に戸惑《とまど》いを隠せない。苦《くる》し紛《まぎ》れに言い訳を並べる。

「申し訳ないのですが、私はこれから予定があるんです」

「なら、移動の間だけ」

「さっき言いましたよね？　私、自転車だって」

「体力には自信がある。まあ、さすがに君が少し手を抜いてくれないと距離によっては厳しいかな」

拒絶してもあっさりと切り返してはあきらめない態度に、心がかき乱される。なぜ彼は私に構うの？　あの日、先に距離を取ったのは彼のほうなのに。純粋に理由が気になる反面、傷つく予感がして素直に向き合う気持ちになれない。私が自転車を押して歩き始めても、彼は私の感情などお構いなしに隣を歩く。さすがに良心が痛むし、自転車に乗って逃げようとは思わない。とはいえ、どこまでついてくるかもはっきりせず、なにを話していいかもわからない。

私は前だけを見て、横を意識しないように心がけるので精いっぱいだった。

「仕事は楽しい？」

急に尋《たず》ねられた質問はざっくりとした場繋《つな》ぎにも感じられる。でも、おそらく彼はそういった意図で聞いてきたわけではないはず。

横断歩道で立ち止まり、信号のボタンを押した後にぽつりと答えた。

「大変……ですけど、もっと大変な思いをしているのは患者さんですし。一緒に達成感を味わう瞬間がなににも代え難いものなので……」

私の真面目《まじめ》な回答を受けた由也先輩は「そう」とだけ言って、薄《う》っすら微笑《ほほえ》んだ。

私は得《え》も言われぬ動悸を感じ、瞬時に視線を外す。

あの頃とは違う。笑顔を向けられたからといって、なにかが変わるわけではない。冷静に自分へ言い聞かせるものの、一度早くなってしまった鼓動《こどう》を落ち着かせるのは困難だ。ドキドキしているのを実感し、むしろさらに脈が速くなっていく。

学生のときから比べ、彼はさらに背が高くなった気がする。骨格もしっかりして、声も低くなって、大人の男性になったと実感した。しかし、変わらない部分もある。

彼を取り巻く穏やかな空気、まっすぐで綺麗な瞳は記憶の中と同じ——。

横断歩道の信号が青に変わると同時に聞き慣れたメロディが鳴り、私は慌てて前を向いて歩き出す。横断歩道を渡り終えてから、ぽつりとつぶやいた。

「つまり……楽しいです。今の仕事」

ちらりと彼の顔を窺《うかが》えば、目尻《めじり》を柔らかく下げていた。

「だよな。今日少し見てたけど、生き生きしてた」

ふいに恵さんとの会話が頭に浮かぶ。

彼が今日、リハビリテーション室を見ていたと聞いた。その際《さい》、自分のことも見てくれていたのだとわかるなり、カアッと全身が熱くなる。

それからぽつぽつと雑談を繰り返し、十分ほど経った。目的地に到着し、私は駐輪場に自転車を止める。

「着きました」

今日会ってからずっと余裕のある雰囲気だった由也先輩が目を見開いた。

ここは昔ながらの屋外バッティングセンター。小さな平屋《ひらや》の建物は、塗装も色褪《いろあ》せてドアもところどころ錆《さ》びている。

「では、私は中へ入るので」

「俺も一緒に行く」

会釈して立ち去ろうとするや否や彼が言う。今度は私が目を大きくさせた。

私は小さく息を吐き、観念《かんねん》して返す。

「構いませんけど……怪我だけはしないでくださいね。仕事に支障《ししょう》をきたしますから」

「言うね。でもまあ、確かに怪我は避けたいから徐々《じょじょ》に慣らしていくよ」

そうして、私はなぜか由也先輩と一緒に受付へと向かったのだった。


約一時間後。

私たちは汗をかいて、バッティングセンターを後にした。

由也先輩は駐輪場のそばにあるベンチに腰を下ろし、自動販売機で買った飲み物を口にする。三分の一ほど飲んでから、夕焼け空を仰いで急に笑い声を上げた。

「ははっ。バッティングとはいえ、久々に運動するときついな。だけど楽しかった」

私はベンチに座らず彼の斜向《はすむ》かいに立ち、黙って彼を見た。

「君はやっぱり上手《うま》いな。未《いま》だにバットを振ってるなんて、変わってないんだな」

「身体を動かすと、身体だけじゃなく頭も柔らかくなる気がするので」

就職したばかりの時期は仕事もままならなく、もどかしい思いもたくさんした。塞《ふさ》ぎ込んでしまいそうだった自分をどうにかしたいと考えた結果、身体を動かすというところに落ち着いた。

特にバッティングとなれば、ボールが綺麗に的へと吸い込まれていくと気分がスッとする。バットに当たったときの爽快な音もそう。終わった後には、決まって清々しい気分になっている。それは今日も同じ。

「……うん。俺の知ってる君だ」

由也先輩は私を見つめてそうつぶやいた。

どちらかと言うとクールな印象の彼が、僅《わず》かに口角を上げて優しい表情を浮かべる。

私は途端に心臓が跳ねた。

彼の視線やちょっとした手の動き、声は、まるで昔に戻ったみたいで翻弄《ほんろう》される。

「ソフトボールは中学卒業してからも続けてたのか?」

会わなくなってからの話題は、どうしても気まずさを抱かずにいられない。

もっとも、そんなふうに感じているのは自分だけなのだろうと心の中で割り切り、口を開く。

「そうですね。さすがに高三で引退した後は猛勉強を始めたのでソフトボールとは離れたんですけど。それからもいろいろと忙しくて。でもここへ越してきて、このバッティングセンターを見つけてからは週末に必ず来てます。金曜がお得なんですよ」

淡々とした回答にもかかわらず、由也先輩を見れば満足そうに口の端を上げている。

私をジッと見つめて目を逸らさない。

「どうりで腕がいいわけだ」

穏やかな顔つきで笑いかけてくる彼を目の当《ま》たり《あ》にし、完全に気持ちが揺らいだ。

忘れもしない。過去、彼は私を冷たく突き放した。

なにかを直接言われたわけではない。ただ、彼の他人行儀な視線と態度から、私は距離を取られたと感じた。それまで親しくしてくれていたのに、ある日を境《さかい》に一変した彼に傷つけられた。

しかし今、目の前にいる彼は知り合った直後の……当時自分が惹《ひ》かれた彼のままだ。

「……あの」

「俺」

同時に発言し、互いに口を噤《つぐ》む。

こうして行動をともにしてまで、一体《いったい》どういった用件かを尋ねようと思った。けれど、それよりも彼がなにを言いかけたかが気になって、私は発言権を視線で譲《ゆず》った。

私の意図を受け取った彼は、改めて言い直す。

「俺、君のことずっと忘れてなかったよ」

「え……」

「ここでの再会は偶然だった。驚きのあまりすぐには信じ難くて、平静を保つのに精いっぱいだった。あのときは小泉先生もいたしね」

衝撃的な発言の連続に言葉を失う。いろんな感情が混ざり合って、なにがなんだかわからなくなった。

彼は飲み物をベンチに置き、茫然《ぼうぜん》と立ち尽くす私の正面に立つ。私は夕陽を遮《さえぎ》り影を作る由也先輩を、おずおずと見上げた。

「千夏」

真剣な両目とぶつかった瞬間、名前を呼ばれる。瞬間、心臓は大きな鼓動を打った。

学生時代は彼に、『佐々さん』と呼ばれていた。親しげに名前を呼び合う仲に密かに憧《あこが》れてはいたけれど、一度も叶わなかった。

それがなぜ、今――。

「な、なんですか？」

動揺を押し隠したものの、若干《じゃっかん》声が上擦《うわず》った。

「ここから一番近い、郡山《こおりやま》駅行きのバス停わかる？」

まったく色気もなにもない質問に、がっかりするも心のどこかでほっとした。

名前呼びも落ち着いて考えたら、先日まで留学していたらしいからその名残《なご》りで下の名を呼んでしまったのかもしれない。

『平常心』と頭の中で繰り返し、淡々《たんたん》と対応する。

「えっと、確か一本向こうの通りに役場があるのでそこに……」

私が役場の方向へ顔を向けて説明していたら、射るような視線を感じる。

うっかり彼を振り返り、視線を交錯《こうさく》させてしまった。由也先輩は黙って見つめ続けるだけで、なにも言わない。彼の色っぽい眼差《まなざ》しに吸い込まれ、緊張感が増していく。

瞬《また》きさえできずに固まっていると、手がスッと頬に伸びてくる。彼のすらりとした指先が肌に触れた途端、堪らず目を瞑《つむ》った。

「土で少し汚れてた」

ふっと柔らかい笑みを間近で見て胸が早鐘《はやがね》を打つ。無意識に、拭《ぬぐ》われた感触が残る頬に手を添え、顔を熱くした。

「ここへは次、いつ来る予定？」

「……来週の金曜日、仕事の後に」

なぜそんな質問を、と疑問に思うも彼の優しい声に絆《ほだ》され、素直に答えてしまう。

「それはちょうどいい。じゃあ、来週またここで」

彼は一方的に告げると、カバンと飲み物を持ち、軽く手を上げて去っていった。

彼の姿が見えなくなってもずっと、張りついたようにその場から動けない。

『来週また』と言った由也先輩の声が頭の中でリピートされる。

また来週彼と会える――。

過去にもそう浮き立った感覚を、未だに覚えていた。

十四年前、毎週水曜日にふたりで過ごしていた日々を彷彿《ほうふつ》とさせる。

あの頃と違うのは、ひとつ。

今回は確かな約束を交わしたということ。

2．想いは過去と、今と

中学三年生、五月初旬。

春の大会はインターネットで各チームの勝敗を知った。

悔しい気持ちは少し残っていたものの、投げやりな感情はもうなかった。リハビリテーションに専念していくうちに、気持ちが自然と軽くなっていったおかげだ。

すっかり手の調子もよくなった私は、あれから漠然《ばくぜん》とリハビリテーションの仕事に興味を持っていた。しかし、特になにをするわけでもなく日常生活を送っていた。

というのも、まずは選手として復帰する目標があったから。

落ちた体力を取り戻すべく早朝ランニングを始め、週に一度部が休みの日は、放課後に学校近くの公園で走り込む。

すべては目下《もっか》の目標——夏に行われる中学生最後の試合に出るため。

とはいえ、部活での練習になかなかついていけず、もどかしい思いをしていた。怪我で休んでいた四カ月のブランクは思った以上のものだったのだ。

焦慮《しょうりょ》に駆られる思いを払拭《ふっしょく》すべく、ひたすら自主練習を重ね、三週間が経った。

そうして六月に入ったばかりのとき。

部活が休みだったため、私は放課後いつものように更衣室のロッカーに荷物を置いて公園へ走りに向かった。

その公園はとても広く、屋外に野球グラウンドやテニスコート、離れた位置には子ども向けの遊具などがある。自然も多く春には桜満開の景色も見られ、散歩や休憩をしに来る人たちも多い。

公園内のランニングコースは約一・五キロ。路面はアスファルトや砂が混在し、アップダウンがやや激しめなので、トレーニングに向いている場所だ。私はいつもコースを二周し、呼吸が完全に整う前に素振《すぶ》りをしたりボールを使ったりする。

その日も順調に走り、あと半周で目標達成というところで身体に異変を感じた。力が入らず失速《しっそく》し、すぐに足が止まる。呼吸がいつも以上に荒くなって、指先が震え出した。寒気を感じたと同時に立っていられなくなり、膝《ひざ》からくずおれる。

内心パニック状態で狭い視界の中、男の人が映り込んだ。

「おい、大丈夫か?」

知らない人……。でも、彼の着ている制服は知っている。有名私立高校の制服だ。

眉間《みけん》に皺を寄せ、私の目を覗き込んできたのは当時高校生の由也先輩だった。

「ごめ……なさ……力が……」

「ちょっと触るよ」

話すのもやっとの私に動じもせず、彼は手首に指を置いてしばらく黙り込む。

「脈が速い。でも……」

なにやらブツブツとつぶやいているものの、具合の悪い私の耳には入ってこない。

「立て……そうにないか。ここじゃ目立つから移動する」

彼は迷わず座り込んでいた私の肩に手を回し、落ち着いた声音で言った。

そうして軽々と私を抱き上げ、数メートル先のベンチへ移った。

木陰になったベンチに座らされ、懸命に動悸を抑《おさ》えようと試《こころ》みるも、すぐ改善はしない。なにか大変な病気だったらどうしよう、と大きな不安に駆られる。

そんな中、彼は恐怖心に襲われて涙ぐむ私の顔色を窺い、ひとこと尋ねてきた。

「持病は？」

私は質問に対し、無言で首を横に振る。なんだか目を開けているのさえつらく感じ、ついには静かに瞼《まぶた》を閉じた。

「ないんだな？　じゃあ少し待って」

頭が正常に働かず、彼の声をただ耳に入れていただけ。

「これ、自分で飲める？」

そのままベンチに座っていると、再び彼の声がしておもむろに視界を広げた。差し出されたものは炭酸飲料だった。どうやらわざわざ買いに行ってくれたらしい。

ゆっくり手を動かして受け取ると、一度息を大きく吐いてからキャップをどうにか開けた。飲み口を口元へ持っていき、零《こぼ》しそうになりながらも喉へ流し込む。口内を冷たい液体と炭酸が刺激し、甘い味が広がっていく。三分の一ほど飲み終えた辺りで、私はやっと言葉を発した。

「……すみません」

彼は私の前に立ったまま、淡々と返す。

「おそらく低血糖《ていけっとう》だと思う。もしかして、空腹状態で激しい運動してたんじゃないの」

彼の指摘は当たっていた。思い返せば昼休みに給食を食べたきり、水も飲んでいなかったから。

「もしそうなら、それ飲んで休めば動けるくらいには回復すると思う。だけど、症状が治まらなかったり続いたりするようなら病院へ行ったほうがいい」

学校指定ジャージ姿の私を見て、彼は続ける。

「部活？　学校はそこの佐埜恵《さのえ》中？　顧問《こもん》に連絡して来てもらったほうが」

「い、いいです！　大丈夫、です」

今日はあくまで自主練。それで体調を崩したなどと知られたら注意を受けるだろうし、下手《へた》すればスタメン選抜にも影響するかもしれない。

「じゃあ、親に……」

「そっ、それも……すみません。連絡はちょっと……誰にも」

両親に連絡されても同様だ。私は慌てて拒絶し、肩を竦《すく》めた。すると、大きなため息をつかれる。

気まずい雰囲気のまま、互いに口を開かず無言の時間が流れていった。その間、前方に広がるグラウンドで野球をしている子どもの声が響いていた。

徐々に体調が回復し、ちらりと上目《うわめ》で彼を見た。ちょうどそのタイミングで、彼が自分の腕時計を確認する。冷静になれば、私が彼を引き留めてしまっているという事実に気がついた。

『もう大丈夫ですから』と言おうとした矢先、彼と目が合う。

「十五分経った。体調は？」

「え？　あっ、はい。だいぶいいです。手も震えてないし」

「そう」

彼は早く帰りたいと思って腕時計を確認したわけではない……？

同時に、彼が秀《ひい》でた容姿の持ち主だと気づく。さっきまで体調が思わしくなくて、彼自身を観察する余裕すらなかった。

頭が小さく手足がすらりと長い。私への対応や言動も怜悧《れいり》な美貌《びぼう》の通り、そつがなくしっかりしたものだった。初めに意識が向いた有名進学校の私立高校の制服も似合っているし、納得がいく。

私がつい見入っていると、彼はなにか閃《ひらめ》いた様子でリュックを肩から降ろした。そして、中から黄色い箱の栄養補助食品を取り出す。

「ん」

「えっ……いいんですか……？」

言葉少なに箱を差し出され、私はおずおずと受け取った。

「あと、念のためこれも」

追加で渡されたのは、彼がさっきから手に持っていたスポーツ飲料のペットボトル。

「脱水症状の可能性もあるから一応。じゃ、平気そうなら俺はもう行くよ」

私に飲み物を手渡すなりあっさり去っていく彼を、私は見えなくなるまで眺め続けた。その後、未開封のペットボトルに視線を移す。てっきり、炭酸飲料を買ってくれた際に、彼自身の分として買ったものだと思っていた。どちらも自分へ用意してくれていたのだと知り、驚きを隠せない。あんなにカッコよくて、そのうえ気が利《き》く人っているんだと驚嘆《きょうたん》し、感謝の気持ちでいっぱいになった。

彼に助けてもらって、一週間が経った。

私はあれから水分や糖分の補給に気をつけ、体調を崩さずに過ごしていた。彼の冷静な判断と対応のおかげで軽症で済んだ。改めてお礼を伝えたいと思いはしても、連絡先はおろか名前すらわからない。けれども、もしかしたらという気持ちでこの間と同じ曜日に公園へ行き、助けてもらった場所で彼を探すことにした。

しっかり補食と水分をとって準備運動もして、万全《ばんぜん》の態勢でいつものコースを走る。もしも彼が公園内を通過するなら、どこかですれ違う可能性がある。

いつにもまして通行人に気を配って走っていたが、彼らしき人物は見かけない。公園内コースも二周目の後半に差しかかり、あきらめかけていたとき。数十メートル先を歩く男の人を見つけ、目を凝《こ》らした。背《せ》格好《かっこう》も制服も記憶と一致《いっち》する。

私は助けてくれた彼だと確信して、速度を緩めながら近づいていった。

「あの」

意を決して声をかけると、彼は一拍《いっぱく》遅れて足を止め、視線を上げた。耳に装着していたイヤホンを取り、目を丸くしてこちらを見る。

「君、この間の」

「前は助けていただき、ありがとうございました！　えーと、あっ、そうだ」

私はすぐさま深くお辞儀をして、あたふたとしながら斜めがけしていたポーチに手を伸ばす。

「これ！　お礼です」

ポーチから出したものは、リボンシールが貼ってある細長い紙袋。

それは私が懸命に考え抜いて用意した彼へのお礼だった。

彼はとりあえず受け取ってはくれたものの、きょとんとしている。

「いろいろ考えたんです。お礼にごちそうになったもの相当の現金ってどうなのかなとか、同じものを用意しても……とか。飲み物二本って結構《けっこう》重いし。お菓子とか代わりのものって思っても、食べ物の好みもわからなかったし。それで……」

私が緊張のあまり捲《まく》し立てる間に、彼は開封して中身を見てつぶやく。

「それで、これを？」

彼の大きな手のひらにあるのは、シャープペンシルと消しゴム。

学生で、しかも超のつくほど有名な進学校なら、筆記用具がベストだと考えたのだ。

「ご、ごめんなさい……。ちょうどお小遣《こづか》いを使ったばかりであまり残っていなくて」

お礼の気持ちだから、せめてと普段自分では買わないであろう少し値段の高いものを選んだ。そうは言っても、シャープペンシル一本六百円ほどのもの。

それでもやっぱりチープすぎたかと、恥ずかしくて俯いた。

次の瞬間、彼が笑い出す。

「ははは」

堪えきれなくなったのか、しまいにはお腹を抱《かか》えて笑っている。

私は初めて見た彼の笑顔があまりに爽《さわ》やかで、可愛《かわい》くて、魅力的で……羞恥心《しゅうちしん》さえ忘れ、意識を奪われていた。

彼は知的な目を柔らかく細め、弓なりに上げた口を再び開く。

「これをずっと持ってランニングを？　俺と会えるかどうかもわからないのに？」

「はい。なので、少しラッピングもよれてしまってました……」

彼の手にあるラッピングの紙袋を見て、しゅんと肩を落とした。

彼は小さく笑みを浮かべ、ベンチに腰を下ろす。

「別に気を使わなくてよかったのに。でもまあ、ありがとう。使わせてもらうよ」

それから私もベンチに座り、彼について少し知ることができた。

現在高校三年生で、自宅はこの辺り。唯一塾のない水曜日には、この公園をぶらりと散歩すると話してくれた。たまたまお互い公園を利用する曜日が重なっていたのだ。

その日以降、明確な約束を交わさずとも毎週水曜日にはそのベンチで会うようになった。遠くの少年野球チームの練習を眺めながら、由也先輩とたわいのない話をするのが習慣になったのだ。

彼は普段、自ら多くの話題を振るタイプではない。物静かな彼の発言は無駄がなく沈黙する時間も多いが、毎日練習に追われていた私にとって、そのゆったりした時間が心地よかった。

二度目に会った際、彼は『遊馬由也』と名乗った。遊馬と聞けば、ちょっとめずらしい名字だなという印象とともに都内にある大病院を連想する。もしかして……と聞いてみれば、やはり彼の父は遊馬記念病院の院長だというから驚いた。

彼は有名進学校の制服を着ているし、言動や振る舞いから頭のいい人なんだなと感じてはいた。名前を知った瞬間、それを確信した。

彼は大病院の跡取りなのだ。だから具合の悪い私を冷静に助けられたのだろうと納得できた。

そうして私は、由也先輩の家が病院だと知ったのもあり、思い切って相談した。

「作業療法士？」

強い陽射しを和《やわ》らげてくれる木陰で由也先輩に聞き返され、ジャージ姿の私は気恥ずかしくなり少し俯いた。

「はい。目指してみたいなあ……って」

由也先輩は遠くを見据《みす》え、間を置いてから口を開く。

「そうだな。確かに理学療法士よりそっちのほうが佐々さんに向いてるかも」

「あ、それ。実は違いがよくわからなくて……」

「リハビリにはそれぞれ担当があって、アプローチの仕方が違うんだよ」

「アプローチが違う？」

きょとんとして聞き返すと、彼は嫌な顔ひとつせず、丁寧に説明を始めた。

「そう。たとえば、佐々さんは主に手首から指先を動かすリハビリをしたんだろう？作業療法士は大きな動きより日常生活の基本・応用動作を改善していくことを主軸としている。理学療法士は立つとか座るとか人間の基本動作が主《おも》だから」

私は自分のリハビリテーションの内容を思い出しながら頷く。

「指先を動かすリハビリを行うときに、ハサミを使用するのか、折り紙なのか、絵を描くのか……選択肢はいろいろある。そして、その選択は患者が苦手なことより好きな作業がいい」

「あっ。確かに、私がリハビリしていたときはソフトボールと同じ大きさの柔らかいボールを握ったりしました」

私を担当してくれた彼女も、私のことを考えて内容を工夫してくれたのかも。

「それにしても、そんなふうに分担されてるとは全然知りませんでした」

「ま、リハビリってひとことで全部の内容が集約されるイメージは否《いな》めないからな」

感嘆の声を漏らすのも束の間、ふと疑問に思う。

「でもどうして、私は作業療法士のほうが向いてるって思うんですか？　違いはあってもやっぱり似ている仕事なのに」

素人の私にすれば、それぞれの違いを聞いてもやっぱりひとつの『リハビリテーション』の括《くく》りに思えてしまう。

「ああ。なんていうか……作業療法士のほうが、リハビリ内容が日常生活に直結する分、患者の個性に触れられると思う。つまり、より精神面へのサポートに繋がる気がするから、君みたいな感情が豊かな人は必要とされるんじゃないかって」

「感情が豊か……。そう言ってもらえると聞こえはいいですけど、実際は起伏《きふく》が激しいから、すぐ落ち込むし、そうかと思えば負けず嫌いで、患者さんも落ち着かないんじゃ……。いや、さすがに私も仕事となれば感情のコントロールはできるかな？」

将来の自分がどうなってるかわかるはずもないけれど、今のままじゃダメだろうなってことくらいはわかる。

苦笑いを浮かべて隣の彼を見ると、真剣な瞳をしていてドキリとした。

「感情の引き出しが多いほうが相手の気持ちに寄り添ってあげられる。君は自分もつらい思いをして、今こうして前を向いているんだろうから、きっと勇気を与えられる」

「私の経験が……誰かの役に立つかもしれない？」

小さく尋ねると、彼は僅かに口の端を上げた。

「リハビリは日々の積み重ねだ。君自身、日頃から地道な努力をするタイプだし、合ってる気がするよ。俺的にはね」

由也先輩の声は高校生とは思えないほど落ち着いている。彼の大人びた雰囲気も相まって聡明《そうめい》さを感じられると同時に、紡《つむ》ぐ言葉はすんなりと聞き入れられる。

「じゃあ、理系の勉強頑張らなきゃ。私、数学とかあんまり得意じゃないし」

「確か作業療法士は文系の要素も必要だから、満遍《まんべん》なく勉強したほうがいい」

「そうなんですか？　うう……大変そう。うん、でも頑張ります」

胸の内をすべて話して、私はすっきりした気持ちで答えた。

「どうしてもわかんないところがあったりしたら俺が教えるよ」

意気込む私に、由也先輩はさらりと優しい発言をする。

彼だって受験生で大変な時期のはず。しかも受験するのは医大だろう。いくら成績優秀だとしても気が抜けない状況に違いないのに。

彼はできない約束をするような人ではないから、私は余計な詮索《せんさく》をしてしまう。

「あの……由也先輩ってもしかして、お医者さんになりたくないんじゃ……」

そもそも『由也先輩』と、下の名前で呼ぶようになったのは、彼が初めに『遊馬と呼ばれるのがあまり好きではない』と言ったからだ。そのときから密かに思うところがあった。

自分の名字を避けたがるのは、否《いや》が応《おう》でも置かれた立場を突きつけられるからなんじゃないかな……って。

大事な時期なのに、毎週こうして時間を気にせず話に付き合ってくれているのもそう。彼は決まった将来を拒否する心があるのかもしれない。

「すみません。触れられたくない話とは思ったんですけど、やっぱりどうしても気になっちゃって。でも、二度は聞きませんから」

慌てて頭を下げるも、彼からはなにも返答はない。

失言が過ぎたと後悔したとき――。

「迷ってるんだ。ずっと」

ぽつりと零し、彼は再び口を噤んだ。

現状の空気はおそらく第三者が見れば、重苦しく感じるだろう。どこか思い詰めた表情の由也先輩は、明らかに深刻な雰囲気だ。

けれども私は笑って明るく振る舞った。彼の本音を聞けてうれしくなったのだ。

「よかった。第一声が〝迷ってる〟って言葉なのは、きっと本心から嫌ではないってことですよね？」

私の反応が想定外だったのか、由也先輩はめずらしく驚いた顔で固まっている。

「決められた将来って、私には到底《とうてい》想像もつきません。仮に私がもしもって考えたら……自分が興味ない進路に進まなきゃならないのは苦しいと思う。でも、勝手な私の気持ちなんですけど、由也先輩ってお医者さんに向いてる気がするから」

彼と知り合ってまだ間もなくても、本当にそう思ってる。

だって、由也先輩と話していたら心が落ち着くし、安心感もある。

「なので、由也先輩が自分でお医者さんになりたいって気持ちが少しでもあるといいなあ……と思っていたからうれしいです。迷ってるってことは、興味がないわけじゃないですよね」

私が純粋に喜んでいたら、由也先輩に凝視《ぎょうし》されているのに気づき首を竦める。

「あっ。簡単に『向いてる』とか無責任でしたよね……。その、でも私、最終的には先輩が選んだ進路を応援します。やりたい道に進むのが一番ですし」

彼は目を瞬かせたのち、急に笑い声を上げる。びっくりして彼の顔を見れば、晴れ晴れとした表情に変わっていた。

由也先輩は澄んだ空を仰ぎ見て言う。

「佐々さんと話してると、こう……ヒットを打った瞬間に立ち会ってるみたい」

「ええ？　なんですか、それ。どういう意味？」

眉根を寄せて聞き返すと、彼は清々しい顔つきで返す。

「ものすごく緊張している場面で、守備の間を綺麗に抜いてヒットを打ったときに感じる爽快感に似てるってこと」

「はあ……」

わかるようなわからないような。微妙な反応をする私を見て、由也先輩はクスクスと笑うだけ。

私は終始首を傾げつつも、彼に笑顔が戻ったことに満足して一緒に笑った。

「本当に向いてると思う？」

彼に問いかけられた言葉に、私は満面の笑みで返す。

「はい。患者第一号の私はそう思います。冷静で安心感ありましたから」

「はは。そうか。じゃあもし俺が医師になれたら、作業療法士の君と一緒に働ける可能性もあるかな」

「えっ」

同じ職場で働けるかもしれないだなんて考えもしなかった。

もちろん、実現する可能性はかなり低い。互いに目指す職に就かなきゃならないうえ、彼が将来勤《かた》めるであろう遊馬総合病院はおそらく狭き門だと、中学生の私でさえも想像するに難くない。

だけど彼が、可能性があると言ってくれて胸が弾んだ。そして、なによりも彼がごく自然に〝医師になれたら〟と口にしたのが、本当にうれしかった。

「そうですね。楽しみです！」

真夏の太陽の下、静かに微笑む彼がやけに印象的で目を奪われた。

そこに、場にそぐわない電子音が規則的に鳴り響く。

由也先輩の顔も景色もぼやけていき、徐々に現実に引き戻された。

私は手探りで枕元《まくらもと》にあるはずのスマートフォンを見つけ、アラームを解除する。

寝ぼけ眼《まなこ》で時刻を確認した後、ベッドの上でゴロンと仰向《あおむ》けになり、四畳半の天《てん》井《じょう》を見つめてつぶやく。

「……信じられない」

懐《なつ》かしい夢だった。さっきまで見ていたのはすべて現実に起きたこと。それを今でもあんなに事細かに記憶していた自分にびっくりする。

ずっと忘れていたと思っていた。実際は思い出さずにいただけで、ちゃんと全部覚えてた。しかも、覚えていたのは当時の会話や情景だけではなくて……。

おもむろに胸元に手を添え、身体の中のじわりとした温かい感覚を噛みしめる。

あの頃は単純で、まっすぐ目標に向かうだけだった。

夢が見つかって、頼れる人とも知り合えて。好意を伝えるきっかけはなくても、先輩後輩のような関係を続けられたらそれで十分だと思って……。でも気づかない間に想いは膨《ふく》らんでいて——。

大人になった今は現状に気持ちがついていかず、動揺するばかり。

昨日、彼に言われた言葉が夢にまで影響を及ぼしている。

寝ても覚めても彼に翻弄されているのを実感し、居た堪れなくなって身体を起こした。すっくと立ち上がってカーテンを勢いよく開ける。二階の窓から見えたのは、すっかり夜が明けた爽やかな空。

「天気いー……」

窓を開けると朝六時だというのに、すでに生暖かな空気が流れ込んできた。

今日も暑くなりそう。ちゃんと水分補給するようにしなきゃ。

顔を洗って着替え終えると、軽く朝食を済ませて水筒を片手に家を出た。

土曜日の早朝だと、まったく人影もない。軽く準備運動をして「よし」とつぶやき、走り出した。

私は余程疲れていない限り、休日はランニングを続けている。

地元を離れたばかりのときは、特に予定もなかったからという理由もある。しかし元々、単純に身体を動かすのが癖《くせ》になっているというのが大きかった。

食べすぎても定期的に運動していれば罪悪感も薄れるし、なにより仕事が意外に肉体労働。体力づくりにちょうどいい。とはいえ、現役の頃と比べて距離は短くしている。

近所をぐるりと回り、アパート付近に戻ってくるまでは大体二キロ。アパートに到着すると、トランクルームへ足を向ける。私はグローブとケースに入ったバット、二種類のボールを出して近くの公園へ移動した。

滑《すべ》り台にブランコ、ジャングルジムと砂場という、昔ながらのこぢんまりとした公園も、まだ人の姿は見えない。

ベンチにグローブとボールを置いてまず始めたのは、広いスペースに立って軽い素振り。早朝で人気《ひとけ》はないとはいえ、もちろん危険はないように十分気をつけているし、市の担当者からも許可を得ている。

いつもであれば、空を切る音を聞くたびフォームや力加減などに意識が向くのに、今日に限っては思考が別のほうへ向いていた。

由也先輩とバッティングセンターへ行ったのは、予想外の展開だった。

初めこそ緊張もしていたし、どんな顔をしてなにを話せばいいかわからなくて狼狽《うろた》えた。一緒に身体を動かしていくうちにどうにか緊張は解《ほぐ》れ、会話も自然と交わせていた。正直、後半は楽しんでさえいたと思う。

自分の気持ちが浮き立っていると感じ、最後は自分への戒《いまし》めのごとく力を込めてバットを振った。

素振りを終えてバットを下ろしたところで背後から声をかけられる。

「おはようございます」

振り返ると、挨拶をしてきたのは三十代半ばの女性。

「あ……おはようございます」

当《あ》たり障《さわ》りなく挨拶をしつつ、こっそり女性を観察する。女性はどこか友好的に私を見ていて、私は内心首を傾げた。

彼女は髪をひとつに括り、涼しげなシフォンパンツに爽やかな白いTシャツを着ているナチュラル系美人。とても印象のいい人だし、一度会っていたら覚えているはず。

すると、女性が口を開く。

「ときどき、ここへいらっしゃってますよね？」

なにか言いづらそうに尋ねられ、苦情かと思って肩を竦める。

「はい。あの、なにかご迷惑おかけしていたらすみません……。一応、個人練習の範囲なら周りに配慮すればいいいと管轄《かんかつ》の方には確認をしたのですが」

「あ！　違うんです！　苦情とかじゃなくて！」

私が肩を竦めて頭を下げるや否や、女性は慌てて否定する。ぽかんとしてもう一度彼女のほうへ目をやると、後ろに男の子が隠れているのに気づいた。

小学校低学年くらいの男の子だろうか。その子はジッとこちらを見つめている。

「ここの公園、家から見えるんですけど、息子が先月中頃から、野球をしているあなたに気づいたみたいで。朝早くから活動していらっしゃるんですね。失礼ですが、どこかのチームの選手とかで……？」

「いえいえ！　趣味でやってるだけです。学生時代はソフトボールひと筋だったので、その名残りで……早朝のほうが目立たないし、この季節は涼しいと思って」

「そうだったんですね。春季《はるき》、お姉さんはソフトボールをやってたんだって」

女性に『春季』と呼ばれた男の子は、もじもじと私の前に出て来る。

「おはよう。お名前、春季くんって言うの？」

「……そう。春の季節に生まれたから」

「綺麗ないい名前だね。私もね。夏生まれ。それで千夏っていうの。よろしくね」

そうして笑顔で右手を差し出すと、春季くんはおずおずと握手に応じた。まだまだ私の手のほうが大きいけれど、男の子らしい力強さを感じて自然と笑みが零れた。

「春季くんは何年生なの？」

「三年生」

「三年生かー。野球が好きなの？」

私の質問に春季くんは口を閉じて頷くだけ。どうやらまだ緊張しているみたい。

「そっか。じゃあ友達と」

「でも、できない」

その声は小学三年生らしからぬ冷たいもので、驚きのあまり固まってしまった。

「走ったりしたらダメって言われてるんだ。心臓が悪いからって」

春季くんを見れば無表情。視線を落とし、淡々と説明する姿はなんとも言えないものだった。

「実はこの子……先天性の心疾患《しんしっかん》があって」

春季くんのお母さんがぽつりと言った。

私が勤める病院にも循環器内科があるため、心疾患の患者のことはある程度理解している。私もそういった患者に心臓リハビリテーションを行ったりしているので関わりは深い。

病気の苦労に年齢は関係ない。そう思っていても、やはり小さい子どもが生活を制限されたり治療を頑張っている姿を見れば、いっそう胸が痛む。

「そうなんですね……」

なんとも言えない切なさが胸に押し寄せ、相槌《あいづち》を返すのが精いっぱい。

私はきゅっと唇を引き結び、顔を上げる。

「走るのは控えなきゃならないかもしれないけど、セルフキャッチなら平気かな？　座ったままでもできるよ。私、柔らかいボールも持ってるんだ」

ベンチに置いてあった黄色のボールを拾い上げ、春季くんに差し出した。春季くんはそろりと両手で受け取る。

「ボールが大きい」

「あ、ごめん。野球のボールじゃないからね。それは通常のボールより柔らかい素材でできてるのに、重さはほぼ一緒なの。きつく握ると指が沈み込むでしょ」

「本当だ～」

春季くんが嬉々として声を上げるのを、お母さんは微笑ましく見守っている。

私はお母さんの許可を得て、その場から動かずにひとりでできる、簡単なフライキャッチを教えた。ボールを軽く上に放《ほう》ってキャッチする、というものだ。ボールを投げる高ささえ抑えておけば危険なことはない。

ボールの扱いに慣れてきたら、今度はグローブを使ってキャッチする位置などを丁寧に教えた。春季くんは興味津々《きょうみしんしん》で聞いて、そのうちひとりで繰り返し楽しんでいた。

そんな春季くんを眺めているると、隣にいたお母さんが苦笑交じりに言う。

「いろいろとありがとうございます。実は、野球の道具を買ってあげるくらいしてあげたいと思ったんですけど……本人に断られてしまって」

「そうなんですか？」

意外な話に目を丸くしていたら、横から春季くんが答えた。

「家に道具があったら、やりたくなるから」

彼の気持ちを聞いて、ふと昔怪我で部活を休まざるを得なかった時期を思い出し、胸が軋《きし》んだ。

自分の場合は治る怪我だった。でも完治するまでの四カ月間さえ、苦しい日々だったのだ。先天性の心疾患である春季くんは、比じゃないほどつらいに違いない。彼の気持ちを想像すると胸が張り裂けそう。

彼にとってどう声をかけるのが正解かわからない。だけど……。

「もし、またグローブとかボールに触りたいなって思ったら、私がいるときにお母さんとここにおいで」

たとえ同じ症状を持っている人がいても、みんなが同じ考えや感情でいるわけじゃない。十人十色《じゅうにんといろ》、正しさなんて人それぞれだ。

すると、春季くんは握っていたボールを一度見つめ、私に向かって軽くボールを放った。少し距離が短かったボールを、前に駆け出して無事にキャッチする。

春季くんを見れば、朝陽に負けないくらい眩《まぶ》しい笑顔を見せていた。

「うん……！」

私の思いを受け入れてくれたことに安堵し、うれしさが募《つの》る。

「春季、そろそろ帰らないと。お父さんもうすぐ起きそうだし」

「えー……わかったよ。ねえ、これはなにが入ってるの？　ボール？」

渋々受け入れた春季くんは、ベンチに置いてあった私の巾着《きんちゃく》に興味を示した。

「ああ。これはね」

私が巾着を手に取り口を緩めると、春季くんは中身を覗き込んで声を上げる。

「うわ、すごいね。いっぱい入ってるじゃん！」

私は十五センチ四方の巾着に、飴《あめ》やラムネなどのポケット菓子を入れていた。

「こら、春季。覗き込むなんてお行儀が悪いわよ」

「あ、いいんですよ」

春季くんを窘《たしな》めるお母さんにひと声かけて、私はザッと中身を手のひらに乗せられるだけ乗せた。

「好きなのあげる。どれがいい？　何個でもいいよ」

「え！　何個でもいいの？　やった！」

目を輝かせて真剣にお菓子を選ぶ姿はやっぱりまだ小学生。でも、自己紹介をした段階の遠慮《えんりょ》がちだった雰囲気はなくなっていて、自然と笑みが零れた。

お菓子をふたつ選んだ春季くんに、私はおまけでさらにふたつ手渡した。

「ありがとう！　ところで千夏姉ちゃん、こんなにいつも持ち歩いてるの？　すごくお菓子が好きなんだね？」

私は残りのお菓子を巾着に戻しながら、笑って答える。

「うーん。まあ、それだけじゃないんだ。なんていうか……お守りみたいなもの」

「ふうん？」

「ほら、春季！　もう行くわよ。お姉さんにもご迷惑だから。千夏さん、本当に急だったのにいろいろとすみません。ありがとうございます」

「あ、いえ」

お母さんのもとへ戻った春季くんは、私を振り返り大きく手を振った。

「またね！」

「うん。またね」

ふたりと別れ、公園にひとりになってから手にしていた巾着に目を落とす。

今、私の頭に浮かんでいるのは由也先輩だった。

私がこうしてポケット菓子を持ち歩くようになった理由は、由也先輩と出会った日の一件から。もしまた自分が同じ症状になった際に……もしくは、同じ症状の人を見かけたら、少しでも役立てるかと思って。

ポケット菓子を常備するのがもはや普通になっていた。よくよく考えてみたら、彼との過去が現在も私の生活に影響し、一部になっているってこと。

私はそれ以上深く考えるのを止めるべく、巾着の紐《ひも》をきつく絞った。

心の中は複雑だ。ずっと彼の存在を考えないようにしてきて、もうすっかり忘れたつもりでいた。なのに、些細《ささい》なきっかけで彼との過去を鮮明に思い出してしまう。

本当は忘れてなんかいない。忘れたことにしたかっただけ。今でも自分の中に彼の存在があり、大きく影響している。

そう認識すると、動揺を隠せなかった。

数日後。暦《こよみ》は六月になっていた。

金曜日になった今日、私は朝からずっとそわそわしていた。

本当に彼は来るのだろうか。

朝から何度も疑問を抱きつつ、雑念《ざつねん》を振り払っては業務に集中しなきゃ！　と自分を戒めることの繰り返し。彼との約束に振り回され、やっと定時を迎えた後は自転車に乗っていつもの場所へ向かう。バッティングセンターが近づくにつれ、胸はドキドキとして手にはじわりと汗をかいていた。

最後の信号を渡り終える間際《まぎわ》に、先週別れ際に由也先輩が座っていたベンチが視界に入る。そして、そこには彼の姿があった。

ふいにその光景を見た瞬間、十四年前とリンクして意識が過去へ飛んだ。

信号が点滅しているのに気づき、我に返って小走りで自転車を押して横断歩道を渡り切る。すると、由也先輩は私に気づいて立ち上がる。

「お疲れ様」

ワイシャツにノーネクタイ姿。その服装やカバンから、仕事で福島へ来ていたのだとは理解できる。ただ、本当に彼が私への約束を守ってこの場にいるのが信じられなかった。

彼は立場的にも多忙だと容易に想像できる。いくら小泉先生のためとはいえ、定期的に福島へ来る時間だって惜《お》しいはずだ。……にもかかわらず、貴重な時間を削ってバッティングセンターまで来るなんて。一体彼はどういうつもりなの？

「どうした？　黙って突っ立って……まさかまた具合でも悪くなった？」

由也先輩がこちらへ歩み寄り、ふいに顔を覗き込んできた。心配そうな表情の彼と距離が近すぎて、心臓が跳ねる。

私は咄嗟に返答できず、先に小さく首を横に振った。

「……いえ。そうじゃなくて」

「ん？」

たったひと声でも、彼の優しさが伝わってくる。

油断したら絆されてしまいそうで、由也先輩を見ることができない。

「なんか、改めて……覚えていてくれてたんだなって」

再会した日から、ずっとどこか現実味を感じられずにいた。

正直、中三の初夏に決別《けつべつ》したと思っていた。

それも私からではなく、彼のほうから。

あの日――。顧問の都合で部活が火曜日も休みになった私は、いつもの公園で偶然にも由也先輩を見かけた。思いがけない遭遇にうれしくなったのも一瞬で、彼の隣に並んで歩く女の子が気になった。その子も彼と同じ学校の制服を着ていた。

無意識にランニングの足を緩め、こちらへ向かって歩いてくる彼へ視線を送る。そして、声が届く距離まで来たときに彼は私に気づき、目が合うや否やふいっと私を避けた。私はなにが起きたのかわからなくてその場に立ちすくみ、すれ違っていった彼を振り返ることもできなかった。

翌日の水曜日にもう一度会いに行って、彼の素っ気ない行動の意味を確かめる選択肢もあった。しかし、また同じように存在を無視されるんじゃないかと怖くなって、私は翌日から公園へ行くのをやめた。

あの頃の私はまだ子どもで、ちゃんと向き合う勇気が持てなかった。由也先輩にとって私は隠したい存在なのだと理解した。

あのとき、隣にいた女の子が大切な人なんだと。

だから私は、今日までずっと彼との思い出に蓋《ふた》をして過ごしてきた。なのに……彼は私と再会し、平気な顔で声をかけてきたり、わざわざ追いかけてきたり……。由也先輩が理解できない。

私の言葉に目を丸くしていた彼は、真面目な声で答える。

「覚えてるよ。急に俺の前でへたり込んで……熱中症かと思ったけど、よく様子を見ればランニングしていたわりに顔が青白かったよな。あのときは、君が意識なくなったらどうしようかと焦《あせ》った」

「え。全然焦っていた感じはなかったですよ」

「それはきっと、千夏が自分で精いっぱいだったから気づかなかっただけだろう」

クスッと笑う由也先輩を見つめる。

「いえ……。冷静沈着《ちんちゃく》に対処してくれて、私本当にびっくりして……」

当時まだ彼は高校生だったのに、実に手際よく対応をしてくれたと今でも感じる。

あの後、医師になるのを迷っていると彼は言ったけれど、私を介抱《かいほう》してくれた時点で、少なからず医学や医療に興味は持っていたのではないかと思っている。

結果的に現在立派な外科医だというのだから、きっと私の予想通りだ。

「いや。まあ……医師家系で育ってたから人よりは冷静だったかもしれないけど、やっぱり急だったし動揺はしてたよ」

「そうなんですか」

会話が途切れ、気まずくなる。内心ぎくしゃくしながら、自転車を押して駐輪場へ移動した。鍵をかけ、カゴに入れていた荷物を手に取って口を開く。

「あの、今日も本当に一緒に……？」

「先週でだいぶ慣れたしね。今日は打率上がってると思う」

あどけなく笑う由也先輩を見て、自分の頬が紅潮《こうちょう》するのがわかる。

そういう無邪気《むじゃき》な顔を前にすると、なんだか学生に戻った気分になる。甘酸っぱい恋心までもが蘇って、胸がドキドキと苦しい。

このまま彼を直視していれば、ずっと動悸が落ち着かない。咄嗟に視線を逸らした直後、顔を覗き込まれる。

「千夏？」

耳慣れない呼び方と近い距離に動揺し、自転車の鍵を落とす。慌てて拾い上げようと膝を折ったら由也先輩が先に手を伸ばしていて、彼の指先に触れてしまった。私は瞬時に手を引っ込める。

ほんの少し掠《かす》めただけなのに、信じられないほど脈が速くなる。

彼が「はい」と鍵を差し出した。私は立ち上がって空《あ》いていた左手を出す。

「結婚……してないんだ」

「え？」

ぽつりと言われ、目を見開いた。

「ああ。それとも仕事柄つけられないだけか」

由也先輩は鍵を私の手のひらに落とし、小さく笑った。

再会した彼の言動に毎回振り回される。うっかり深読みしてしまいそうな言葉や振る舞いに呑《の》まれたらダメだ。また傷つくのは嫌。

「してません。残念ながらそういう予定もありません。それより、早く受付しないとクローズの時間になっちゃいます」

毅然《きぜん》とした態度で返し、話を切り替えた。そうして私が真っ先に移動する。

受付を済ませ、準備をしている間も淡々としているふうに見せた。が、心の中はひどく動揺していた。

他人に触るのは仕事柄いつものこと。なのに、バットを握ってもボールを打っても、彼に触れたときの感覚が忘れられない。

私は雑念を振り払いたい一心《いっしん》で、次々とバットを振り続けた。

今日のバッティングの結果はいまいちで、由也先輩のほうが好調だった。

外に出た後もどうにもすっきりせず、俯いて駐輪場へと歩く。すると、後ろからペットボトルを差し出されて足を止めた。

「スポーツドリンクでいい？　お茶もあるけど」

「あ……ありがとうございます」

途中で由也先輩が自動販売機に立ち寄ったのも気づかないほど、頭の中は彼のことでいっぱいだった。

スポーツドリンクを受け取ると、由也先輩は私を追い越してベンチに腰を下ろした。

「バスの時間まで付き合ってくれない？」

由也先輩の頼みを無視することもできず、私は黙ってベンチに座った。

なにを話せばいいかわからない。間が持たなくて、黙々とスポーツドリンクを口に含む。

「なんで福島に？」

突然質問を投げかけられ、口につけていたペットボトルを戻す。キャップを閉めて、まっすぐ前を向いたまま答えた。

「たまたまです。専門学校の斡旋《あっせん》してくれた実習先が今の病院で、そのまま就職の話をいただいたので」

「そういうことか」

「私は前向きな気持ちで来ましたよ。スタッフもみんなよくしてくれて。実習生のときはドクターが喜多方《きたかた》ラーメンをごちそうしてくれたりしましたし、実習終わって東京に帰る前に登山にも連れていってもらいました」

「登山？」

「はい。すぐ近くの山です」

私の勤める病院の近くには、登山ができる山がある。

「実習で疲労困憊《ひろうこんぱい》なはずの子を登山にって……俺には考え難いな」

由也先輩の反応を受け、私は目を瞬かせた。

「言われてみれば確かに。だけど、私そこそこ体力あるほうですから。普通に楽しんで来ましたよ。途中なかなかの勾配《こうばい》があって苦戦しましたが、やっぱり運動した後の爽快感が最高でした」

運動が苦手なタイプなら、長い実習期間が終わったと安堵とともに疲弊《ひへい》しているところへ登山を持ちかけられれば、げんなりしそうだ。その点私は、小学生からずっと身体を動かしてきたのでまったく問題なかった。むしろ汗を流し、清々しささえ感じていたほど。

由也先輩が「ふっ」と声を漏らし、相好《そうこう》を崩す。

「君くらいだろ、そんな感想持つ実習生は」

「そういえば、そのときもドクターに同じようなことを言われたかも」

登頂《とうちょう》した際、達成感に喜んでいたら、企画者である安積先生が笑って同様の言葉をかけてくれたのを思い出す。

懐かしい気持ちで反芻していると、急に不機嫌そうに聞かれる。

「そのドクターって誰？　安積先生とか？」

「えっ。うちの病院へ来たのは数回なのに、ドクターの名前を覚えてるんですか？」

「全員ではないけど。で？　質問の答えは？」

刹那、真剣な目を向けられる。答えを催促《さいそく》するほどやけに相手を気にしていることに疑問を抱きつつ、私は一度頷いた。

「そ、そうですけど……どうしてわかったんですか？」

「比較的若いドクターは彼くらいだったから」

「は、はあ……なるほど」

彼の言動の意図が読めないために、気の抜けた相槌を打つしかない。

すると、さらに衝撃的な質問が飛んでくる。

「もしかして、これまでに彼と付き合ったり？」

「まっ、まさか！　ありえないですよ！」

あまりに突拍子《とっぴょうし》もない仮定に、つい大声で否定した。

動揺する私とは違って、由也先輩はまったく動じず真面目な顔つきで言う。

「ありえない？　なんで言い切れる？」

由也先輩の鋭い視線に耐えきれなくなって、思い切り身体を背けた。

「だ……だって！　安積先生だって、選ぶならもっと可愛い人とか若い人とか。と、とにかく、これまでそういう雰囲気皆無《かいむ》ですから！　どうして急にそんなことを」

「どうしてって、もしそうだとしたら厄介《やっかい》だなと思って」

「は……？」

背中越しに返されたひとことに、思わず振り返った。

彼を見ればふざけている雰囲気などなく、むしろずっと真摯《しんし》な瞳でこちらを見つめ続けている。ひとたび目を合わせれば、もう逸らせない。

辺りの長閑《のどか》な夕景色や町の音も感じられないくらい、彼に意識を引かれている。甘く胸が締めつけられる中、ピピピッと鳴った電子音が私を現実に引き戻した。

「ああ、もうバスが来る時間か」

音の出どころは由也先輩のスマートフォン。彼はアラームを止め、スマートフォンをポケットに入れると立ち上がった。カバンを手にする由也先輩を見て、自分も腰を浮かせ、気づけば彼のワイシャツを掴《つか》んでいた。

「あっ……こ、これは、その……」

即座《そくざ》に手を離すものの、しどろもどろになる。

なにを言いたいのか纏まってないのに身体が先に動いてしまった。

だって……由也先輩が私を翻弄するだけしておいて、あっさりと東京へ帰っていこうとするから。

彼の行動に納得がいかないのは明確だったけれど、なにをどう伝えたらいいか考えあぐねた。

釈然《しゃくぜん》とせず言い淀《よど》んでいると、ふいに肩に手を置かれる。反射で顔を上げるや否や、額に柔らかな感触がした。一瞬の出来事でなにが起きたか思考が追いつかない。

茫然と立ち尽くしていると、由也先輩は私の頭にポンと軽く手を置いた。

「また来週。来るんだろ？　同じ時間？」

「えっ。あ、は、はい……」

そろりと顔を上げると、彼の腕越しに柔和《にゅうわ》な笑顔が見える。あまりに優しい面差《おもざ》しに、瞬時呼吸を忘れた。

「また」

彼はひとこと言い残し、硬直する私を置いて去っていった。

私はキスを落とされた額に手を添えるなり、その場で立ち尽くす。

一体なにが起きたの。どういうこと……？

その日私は、ひと晩中ひたすらそう頭の中で繰り返しては、胸がざわめいていた。


彼の言動をひとつひとつ思い返すたび、戸惑いを隠せない。それもこれも、高校生だった彼からはまったく想像できないことばかりだから。

あの頃は双方ともに目指すものがある学生で、勉学に励むのを最優先としていたから、ふたりでいても穏やかな空気で甘い雰囲気に発展することはなかった。

――『君のことずっと忘れてなかったよ』

彼の熱い眼差しと真剣な声音を思い出し、心音が速くなっていく。

結婚しているか尋ねてきたり、額とはいえキスをしたり……どう考えても記憶の中の由也先輩と一致しない。

ずっと忘れてなかったって、どういう意味合いで言ったの？　こんなの勘違《かんちが》いしそうになる。

この数日間、頭の中はそればかり。私は気持ちを切り替えたい一心で、休日のルーティンを開始した。

まずは早朝のランニングから。しかし、決まったコースを走るのには慣れていて、思考に余裕があるせいかずっと彼が頭から離れてくれない。ゴール間近になる頃には、胸の内で『自惚《うぬぼ》れない。期待しない。気にしない』と自ら釘を刺して、浮かれそうな気持ちを留めていた。

それからいつもの公園へ出向き、無心で空高くボールを放り、キャッチするというのを繰り返す。すると、聞き覚えのある声が飛んできた。

「うわ、すごい！　そんなに高く投げられるの？」

「春季くん！　おはよう。そう。これはフライキャッチ」

先週に続き、春季くんに会えた喜びで思わず笑みが零れる。

「あんなに高く投げたら、昼間なら太陽が眩しくて見えなそうだね」

「そうだね。打ったボールはもっと高く上がるよ。こう空に吸い込まれるみたいに」

私はボールを天に掲《かか》げるように右手を上へ突き出しながら笑った。

「僕、野球の試合を観《み》に行きたいな。テレビで見るより楽しそう」

「いいね！　熱気とか音とか直に感じられて絶対楽しいよ」

楽しみや目標を持つのは、何事においてもとても大切だと思ってる。

なにかを選択する際に迷ったり、ふいに傷ついたり落ち込んだりしたときに力になり、前を向くきっかけをくれると思うから。

たとえば、私にとってのソフトボールみたいに。

私は手にしていたボールを春季くんへ差し出す。

「今日も使う？」

「うん！　ありがとう」

春季くんはボールを受け取るなり、前回と同じセルフキャッチを始めた。微笑ましい気持ちで見ていると、春季くんのお母さんが隣にやってくる。

「おはようございます。すみません。先週に続いて今日も……」

「いえ、会いに来てくれてうれしいので。お気になさらないでください。あ、座りましょうか？」

私と彼女は同時にそばのベンチに腰を下ろし、自分のペースでボールを扱う春季くんを眺める。

「今日、千夏さんが来るかもわからないのに、あの子ったら絶対会いたいからって、ずっと天気予報を気にしていたんですよ」

「そうなんですか？　うれしいなあ。休みでよかった。あ、でも春季くんは学校じゃ」

「学校は少しの期間お休みすると届け出ていて……」

お母さんはどこかつらそうにして、微笑をたたえながら続ける。

「手術するんです。もう何度目かなので初めてではないですが、やっぱり慣れるわけもなく、いつも不安で……。だけど春季は頑張るって言ってくれて、私が逆に背中押されたりして」

「手術……」

無意識につぶやき、目を輝かせてボールの動向を追う春季くんの横顔を見た。

受け答えや雰囲気は年齢よりしっかりしているとはいえ、彼はまだ小学生。身体も女性である私と比べても断然小さい。そんな春季くんが、すでに何度も手術台に上がったのだと聞くと、言葉に言い表し難い気持ちになった。

「手術しても春季は変わらず激しい運動はできないです。でも……少しでも長く生きられるのなら前向きにならなきゃって。そしてあの子には、できないことを嘆《なげ》くよりも、できることをたくさん見つけて笑って生きてほしい」

彼女の言葉は胸に迫るものだった。

春季くんのお母さんは覚悟を決めた顔つきで、遠くでボールに集中している春季くんを見つめている。どこか決意に満ちた横顔に無意識に引き込まれた。

「あっ。ごめんなさい。私ったら、知り合って間もないのにこんな話」

「いえ……。ただ聞いてもなにもできないのが……もどかしいです」

なんの役にも立てないのはもちろん、気の利いた言葉のひとつさえ浮かばない。

「だけど、今の春季くんを見ていたら、お母さんの願い通りに明るく笑って過ごしてくれる気がします」

どうしたら救われるのかなど、私にはわからない。ただ、自分が感じたことを伝えるしかできなかった。

「そうですね。ありがとうございます」

彼女がニコッと笑顔を返してくれたので、そっと微笑み返した。

そして十数分後、私は別れ際にまたポケット菓子を春季くんに渡した。

「春季くん。私は晴れてさえいたら基本的に週に二回はここへ来るから。いつでも待ってる。頑張ってね」

すると、春季くんは「うん」と明るい笑顔を残し、お母さんと一緒に帰っていった。

翌日。出勤日だった私は、お昼に先輩数人と休憩室で食事をとっていた。

すると、休憩室に安積先生がやってきて、自動販売機で健康補助食品と缶コーヒーを買った。先生は受け取り口から商品を取り出した後、私たちに気づいて声をかけてくる。

「やあ。お疲れさん」

「お疲れ様です。安積先生、昼食はそれだけですか？」

私が安積先生の手元を見て尋ねると、彼は苦笑した。

「外来が長引いちゃってね。佐々さんはおにぎり一個だけ？　めずらしくない？」

安積先生がテーブルの上を見て言うなり、私の向かいに座る恵さんが即切り返す。

「ちょっと安積先生、女性に対して失礼ですよっ」

「え。ごめん」

「いいんですよ。ちょっと食欲なくて。夏バテかな～なんて」

私は心の中で『本当は違うけど』とつぶやきつつ、仲裁《ちゅうさい》に入った。

大抵お昼にはおにぎりのほかに、サラダとかうどんやそばなどを一緒に食べる。しかし今日は、食欲よりも由也先輩の発言と、次の金曜日のことで頭がいっぱいだったのだ。

「夏バテかあ。確かに目の下にクマができてるな」

安積先生が健康補助食品を白衣のポケットに入れ、空いた手を私の目元へ近づける。

瞬間、恵さんの声が飛んできた。

「先生。今度はセクハラです」

「えっ。これもダメ？　難しいな」

またもや手厳しく注意を受けた安積先生は、不服そうに困り声を漏らした。

「ふふっ。私は大丈夫です。気にしていただいてありがとうございます」

「あまり無理しないように。じゃあ俺は戻るかな」

去っていく安積先生の後ろ姿を見送り、ふと白衣のポケットに入れている彼の右手に目が留まった。

さっきの冗談交じりの恵さんの発言を思い返す。

ちょっとした言動でいろいろと言われる今のご時世《じせい》だ。当然、由也先輩だって問題になりそうな行為は控えるべきってことくらいわかっているはず。

それにもかかわらず額とはいえキスをしたのは……やっぱりちゃんと考えあっての行動だと考えずにはいられない。

つまり、私に好意を抱いてくれている。

金曜の夜に由也先輩と別れた後、すでにそういった結論にたどり着いてはいた。

彼の気持ちを想像して面映《おもは》ゆくなったものの、浮き立つ感情をすぐに打ち消したのは、過去のショックをぶり返すのが怖かったから。ほのかな想いを抱いていただけの当時でさえ、あのときの彼の仕打ちは想像以上に傷ついた。

そのせいで今ある現状には手放しで喜べない。それほど、私は傷ついた過去によって臆病《おくびょう》になっていた。

しかし、そんな逃げ腰だった私の思考を変えたのは、春季くんのお母さんの言葉。

彼女の『できないことを嘆くよりも、できることをたくさん見つけて笑って生きて』という言葉が強く印象に残っている。

彼女の話の端々《はしばし》から、春季くんは人よりも時間が限られている現実をまざまざと感じさせられた。もちろん、なにもせずこのままいたら……の話だ。

春季くん自身も幼いながら自身が背負っているハンデをわかっていて、『頑張る』と言っているのだと思うと、彼の勇気に敬服する気持ちだった。同時に、いつまでも過去に囚われている自分から脱却《だっきゃく》しなければと鼓舞《こぶ》された。

昔、自分を避けた理由を由也先輩に確かめる勇気を出す。そして、一歩踏み出さなければ。

春季くんに対し、『頑張ってね』と応援しておいて、その程度の勇気を自分が出さないわけにはいかない。

凛《りん》とした気持ちをキープしたまま迎えた、約束の日。

当日ともなれば決意した気持ちは揺らがないものの、さすがに落ち着いてはいられなかった。

そうして午後のリハビリテーションを迎える。

「あっ」

気もそぞろな私はリハビリテーション前の血圧測定準備で、胸ポケットのボールペンを落としてしまった。慌てて拾い上げた際に、入院患者の越前さんが尋ねてくる。

「どうしたの？　佐々さん、今日は回診のときからなんだかそわそわしてるみたい」

「そ、そうですか？」

顔を上げて越前さんを見れば、にんまり顔をしている。

「今日はデート？」

「ちっ……違います！　そういうんじゃ……」

「なあに。恋人のひとりもいないの？」

わかりやすくがっかりした様子で返され、なんだか期待を裏切ったみたいで申し訳なく肩を窄《すぼ》めた。あまりこの手の話は得意ではなく、返答に困ってしまう。

「まあ……私の話はいいじゃないですか。仕事が楽しいので充実してますし」

笑ってごまかしながら越前さんに腕帯《わんたい》を巻き、血圧測定を終える。患部《かんぶ》のストレッチをゆっくり行い次の項目へ移ろうとした矢先《やさき》、リハビリテーション室の空気が変わった。周りの視線が集中する斜め後方を振り向くと、そこには外来診療を終えたらしい小泉先生がいた。

「調子はどうかな？」

小泉先生は外来が早く終わった際、受け持ち患者のリハビリテーションの進み具合をたまに見に来る。

私はいつもの光景だと判断するとすぐに顔を戻し、次の訓練の準備に移る。

「佐々さん。あの方、初めて見る先生ね」

「ああ、小泉先生は出張医で来てくださってるんです。入院外来はあまり関わっていないからご存知ないですよね。心臓外科医三十年以上のベテラン医師なんですよ」

越前さんの担当は安積先生だから、小泉先生を知らないのだろうと思って説明すると、越前さんは驚いた声で返す。

「三十年？　あの若い先生よ？」

「え？」

若い？　小泉先生には申し訳ないけれど、若いって部類には入らないはず……。

食い違いを感じてもう一度小泉先生がいる方向へ身体を向けた。瞬間、心臓が止まるほどびっくりした。小泉先生のそばに立っているのは由也先輩だ。

「安積先生よりも若そうねえ。それにすごくハンサム。いいわねえ」

越前さんが由也先輩を見つめ、目尻を下げている。

「あ……あの方は……小泉先生のもとへいらっしゃってる外科医の先生ですね」

私は平静を装《よそお》って答えたつもりだけど、内心ものすごく動転している。

うちの職場に彼がやってくるのは初めてではない。しかし、直接この病院に関わっている医師ではないし、もうこの場で彼を見ることはないと思っていた。

「ふうん。そうなの」

「はい。じゃあ越前さん、筋力訓練始めましょう」

気持ちをどうにか仕事に切り替えるや否や、由也先輩と目が合った。刹那、彼は柔らかく微笑んだ。

明らかに私へ向けられた笑顔に、たちまち頬が熱くなる。

「あらぁ～？」

「な、なんですか？」

あたふたする私の反応に、越前さんはにやけ顔で由也先輩とこちらを交互に見やる。

「ふふ。これは近々、気持ちが若返るような話を聞けそうねえ」

「えっ。ど、どういう……」

「佐々さんはまだまだ若いんだから、積極的にならないとダメよ～」

越前さんは冷やかしではなく、本心からアドバイスしてくれているらしい。それが伝わってきているから余計に、どう反応すべきか困る。

「はい……。あっ、時間がなくなるので、続きに戻りましょう！」

私は腕時計を見て言い、さりげなくリハビリテーションに戻った。

けれども同じ空間に由也先輩がいると気づいてしまった今、意識せずにはいられなく、平常心を保てない。無意識に彼のほうを振り向きそうになりながら、どうにか仕事に集中する。

そのうち、数人のスタッフが小泉先生と由也先輩に「お疲れ様でした」と挨拶するのが耳に入った。それを聞いて、ふたりはリハビリテーション室から出て行ったのだと、ほっと胸を撫《な》で下ろした。

定時を過ぎ、職場を出る。自転車に跨《また が》って正門を出て、バッティングセンターの方向へ走り出す。すると、ふたつ目の交差点のところで由也先輩が立っているのに気づいた。

私は驚いて足を止め、時間が止まったように動けずにいた。彼は私に気がつくと、数メートル離れた場所からスタスタと歩み寄ってくる。

「遊馬先生……」

ふいうちすぎて、あれだけ心の準備をしていたのに一瞬でかき乱される。

私は今日、由也先輩と会ったらまずなにを言おうとしてたんだっけ——。

頭の中の整理がつかないうちに、彼が目の前までやってくる。

「待ち伏せみたいにごめん。実は今日はすぐに東京に戻らなきゃいけなくなって」

私に挨拶する間も与えず、心苦しそうに目を伏せて謝る彼に茫然とする。

「わざわざそれを伝えるために……？」

「職場で話しかけるのは迷惑そうだったから」

以前、院内で彼に声をかけられた際に返した私の言葉を気にして、こんな場所で私が通りかかるのを待ってたの？

どうして……そんなに私のことを考えているふうな言動を繰り返すの？

由也先輩は再会してからずっとそんな感じ。だからこそ、私は今日までいろいろとやきもきしていた。

「律義《りちぎ》ですね。完全に私の趣味に付き合わされて大変だったのでは？　だってどう考えても多忙を極《きわ》める立場なのに、毎週なんて無理に決まってる……」

私ってば勇気を出して素直になろうとあれだけ考え続けていたのに、つい可愛げのない態度を取ってしまった。

言ったそばから後悔している私に、由也先輩はさらりと返す。

「君の趣味に関わりたいと思ったのは俺だから。同じ時間や体験を共有したいと思った。少しでも君に近づきたくて」

彼の考えや気持ちに衝撃を受け、立っている感覚さえも忘れた。

「それと、申し訳ないけど俺は律義なんかじゃない。下心がある。千夏の連絡先を聞きたくて待ってたんだ。今日こそ必ず聞こうと決めていて」

真面目な顔で『下心がある』と宣言する由也先輩をぽかんと見つめる。

「教えてくれる？」

スマートフォンを見せられて、私は流されるまま頷いていた。

「……はい。ちょっと待ってください」

自転車のスタンドを立てて、バッグからスマートフォンを出す。淡々とした返答の裏では心臓が激しく騒ぎ、力を込めていないと指先も震えそうだった。

番号やIDを交換している間は特に会話も交わさず、自分の胸の音とは正反対で、とても静かだった。

無事に操作を終え、スマートフォンに新たに登録された彼の名前に目を落とし、なんとも言い難い気持ちになる。

昔は連絡先の交換を持ち出せないまま過ぎていった。聞く勇気もなかったけれど、聞かれもしなかったから、由也先輩はそこまで私に関わる気はないのだと解釈した。

しかし今、止まっていた時間が動き出した感覚に戸惑いを隠せない。

「ごめん。自分から教えてもらっておいてなんだけど、仕事上マメに連絡できないときもあると思う。気を悪くしないでほしい」

まだメッセージのやりとりも始まっていないのに、先に謝る由也先輩に思わず目を白黒させた。

「わかってます」

さっきの下心申告の件も、ジョークではなく彼の本音だとわかってる。由也先輩は学生の頃から正直な人だったから。だからこそ、あの日、彼が私を避けたのは紛れもなく彼の意思だと信じて疑わなかった。

「それじゃ」

「あの！」

彼がスマートフォンをポケットに入れ、踵《きびす》を返そうとする直前に声を上げた。

私は由也先輩をまっすぐ見つめ、勇気を振り絞る。

「こんなふうに接してくるのは……わざわざ帰る時刻を遅らせてまで一緒にバッティングセンターへ行ってくれたり……この間、キ……キスをしたのは――」

緊張が大きすぎてうまく伝えられない。

堪らず一度口を噤んだものの、頭の隅に春季くんが浮かんだ。

両手に力を込め、再び口を開く。

「なんで……あんなこと」

『私のことを好きなんですか？』と、ストレートに聞けない。しかし、胸の内では自惚れた考えと期待が占めている。

心拍音が驚くほど大きく耳に響く。由也先輩は一瞬目を大きくさせたけれど、またすぐもとの表情に戻ってしまって考えは読めなかった。

いよいよ心が挫《くじ》けて視線を外したそのとき、彼の手が頬に伸びてきた。私はビクッと肩を揺らし、恐る恐る目線を上げていく。

「多分、千夏が今考えてる理由で合ってるよ。わざと思わせぶりな言動をしてた。君に俺を意識してほしくて。ずっと俺のことを考えさせるように仕向けた」

由也先輩は柔らかな声音でそう答えると、口角を僅かに上げた。

「えっ、なっ……」

『今考えている理由』となれば、自分に都合《つごう》のいい理想と願望だ。

途端に羞恥に駆られ、首まで真っ赤に染まっている感覚がした。すると、クスクスと笑われる。

「本当……純粋なとこ昔から変わんないな」

「よ、よくわかりません、そんなの」

私がたじろいで答えると、両頬を包み込まれて顔を上向きにさせられた。

由也先輩は優しくまなじりを下げる。

「だって、表情でなに考えてるかバレバレ。相変わらず可愛い」

「かっ……」

「俺、君が好きだ。きっとあの頃からずっと」

『可愛い』発言でパニックに陥りかけたかと思えば、次に続けられたセリフで完全に思考が停止する。彼を見上げれば、至極《しごく》真剣な瞳をしていた。

再会してからは、『もしかして』って思う節《ふし》はたびたびあった。けれど、いざはっきり告げられると動揺が先に来てしまい反応できない。

忙《せわ》しない感情に振り回されて、まずなにを考えるべきか必死に理性を働かせる。彼の気持ちをうれしいと受け止めそうになるのを堪え、なんとか冷静さを取り戻す。

まだ聞きたいことが残っている。ちゃんと明確にしたいと思って今週を過ごしてきたじゃない。

十四年前、まるで他人でも見るような眼差しで、私によそよそしい態度を取った理由を。

「私——」

意を決して切り出したのと同時に、私の手の中でスマートフォンが鳴り始めた。

完全に出端《でばな》を挫かれた状況に狼狽える。

「す、すみません。えっ、お父さん……？」

あたふたとしながらディスプレイを確認すれば父からだった。

由也先輩に事実を確認する絶好の機会だったのに。だけど、さすがに日頃滅多《めった》に連絡をしてこない父からの電話となると、無下《むげ》にはできない。

そうかといって、もう一度由也先輩の前でこの勇気を出せるの……？

完全に迷ってしまった私を誘導したのは由也先輩だ。

「電話に出たほうがいい。俺もう行かなきゃならないし」

「えっ、あ……」

「話の続きはまた次回に」

由也先輩が行ってしまうと焦りが滲み出て、衝動的に彼の袖を掴んだ。ついこの間も同じ行動を取ったのを思い出し、慌てて手を引っ込める。

せっかく今、過去のわだかまりを払拭できるチャンスだけど……。

もどかしい気持ちが抑えきれず、無意識に切なげな目を彼に向けてしまっていた。

刹那、しなやかな腕に頭を抱き寄せられる。

「連絡するから」

旋毛《つむじ》に落とされた低い声に、身体の芯が熱くなる。

そうして彼は腕を緩めると、微笑を残して帰っていった。

私は去っていく背中を見つめ、焦燥感を抱きつつも仕方なく父の電話に出た。

「もしもし？」

『おお、千夏。元気にやってるか？』

父の第一声の声色《こわいろ》は特に緊迫《きんぱく》した様子ではなかった。

私は胸を撫で下ろし、用件を聞く。

「うん。どうしたの？」

『実は、ばあちゃんが入院したんだ』

「えっ」

『いや、重篤《じゅうとく》とかそういうんじゃないから。安心しろ』

「そう。よかった」

胸に手を置いて深く息を吐く。

父が話す『ばあちゃん』とは、父方の祖母のこと。私が小学校高学年頃から一緒に住んでいて、私は優しい祖母が昔から好きだ。福島へ就職することにしたと報告した際も、両親は心配だからと渋っていたが、祖母だけは初めから応援してくれていた。

『ちょっと血圧高いのが続いてたから、念のための入院って感じだ』

「そっか」

祖母はもう何年も前から腎臓《じんぞう》を患《わずら》っている。念のための入院と聞いたところで、やっぱり心配だ。

『まあ、でもちょっと弱気な感じがして。千夏の顔でも見れば、元気になるんじゃないかって思って電話したんだ。最近は忙しいか？』

「明日は仕事だけど日曜は休み。だから明後日《あさって》行くよ。日帰りで」

『そうか。悪いな。明後日なら父さんも仕事ないし、駅で待ち合わせて一緒に見舞いに行くか』

「わかった。駅に着く時間はまたメッセージするよ。じゃあね」

通話を終え、スマートフォンをバッグにしまって自転車に跨る。

一度、由也先輩が歩いていった方向をしばし見つめてから、ペダルに足を乗せてバッティングセンターを目指した。


翌々日は時間がないため、いつも利用する高速バスではなく、新幹線で東京へ向かった。

移動中に思い返すのは彼の告白ばかり。

あの金曜の夜、初めて由也先輩からメッセージがきた。内容は約束を守れなくてごめんというのと、次に会える日を楽しみにしているというもの。

私は新幹線の中でも彼の言葉とメッセージを反芻し、面映ゆさをごまかすために下を向く。黙っていたら口元が緩みそうで、意識的に唇を引き結んだ。

あまりに幸せな展開に、このまま流されていいかもしれないと思うほどだった。彼に対する想いがここまで残っていたのだと知り、自分でも驚きを隠せない。

普通なら、ここで彼の気持ちを受け入れ、自分の想いを告げればハッピーエンド。

しかし、私にはまだ胸にわだかまりが残っている。それが解消されなければ、おそらく迷いが生じて彼の気持ちを素直に受け取ることはできない。

東京へ近づいていく景色を瞳に映し出し、切に願う。

だから、どうか……過去の彼の行動になにか理由がありますように。

九時前の新幹線に乗って、東京駅に着いたのは十時半頃だった。

約束通り駅では父が待っていて、久々の再会に思わず笑顔になった。

「おう。元気か？」

「うん。お父さんも元気そう。お母さんは？」

「今日はパートだって言って出かけたよ。千夏に会えないの残念がってた」

私の父は定年まであと二年。母は元気にスーパーマーケットに勤務している。

「そっか。どうしよっか？　まっすぐ病院行く？」

「いや。面会時間までまだあるし、近くまで移動してからどこかで昼飯でも食べよう」

父が腕時計に目を落として言うと、歩き出す。私は「うん」と答え、父の後をついていった。

病院は新宿《しんじゅく》駅近くらしい。私たちは新宿駅まで移動し、適当にファミリーレストランを見つけて入店した。

昼食をとり終え、コーヒーを飲んでゆったりしていると、ふいに父が切り出す。

「千夏。来週の誕生日で二十九だろ」

「うん。私の年齢覚えてるなんてめずらしいね。二十代半ばくらいから、何歳だかいつも覚えられないでいたのに」

冗談交じりに皮肉めいて返すも、父はいつもみたいな陽気さがない。どこか神妙《しんみょう》な面持ちで、奥歯に物が挟まったようにつぶやいた。

「二十代も終わりだ。お前……その、結婚の予定はあるのか？」

「はっ？　な、なに急に。予定なんかないよ」

まったく予期せぬ話題になり、咄嗟に否定した。すぐに由也先輩の顔が脳裏《のうり》に浮かんだけれど、結婚の予定はと聞かれたら答えは『ノー』だ。

それにしても、母ならまだしも、父から急に結婚の話題に触れられてどぎまぎする。

すると、向かいに座る父から大きなため息が零れ落ちた。

「やっぱりなあ……。うん。千夏、話がある。真面目な話だ」

真剣な表情で『真面目な話』だなんて切り出されたら、嫌な予感しかない。

私は怪訝《けげん》に思って父の言葉を待った。

「見合いをしてみないか」

「お見合い⁉」

すっとんきょうな声を上げ、父を凝視した。すぐに周りのテーブルの視線を気にして首を窄め、口を閉じる。

父は私の反応をある程度予測していたのか、動じずマイペースに話を続けた。

「ああ、いや。見合いって仰々《ぎょうぎょう》しいな。会社の部下でいいやつがいるんだよ。お前と同い年で、真面目で仕事もできる。彼の地元も東京だし条件はいいだろ」

さらりと告げてはコーヒーを口に含む。

「条件って、そんな言い方……」

「どうせ彼氏もいないんだろ。いっぺん会ってみたらいい。初めは俺が取り持ってやるから」

「ちょっと待って！　急すぎるよ！」

これまで結婚についてなにも言わなかった父だが、心の中では心配していたのだと知る。しかし、容易に受け入れられる内容じゃない。

父は困惑《こんわく》する私を一瞥《いちべつ》し、カップを置いて言う。

「わかった。じゃあ一週間考える時間をやるから」

「一週間？　なんでそう急《せ》かすの！」

「こういう話はスピードが大事だ。変に間延《まの》びさせたら良縁も逃げちまう。俺が定年したらそんなこともしてやれないし、それにばあちゃんもいつまで元気でいられるかわからないだろ？　ばあちゃんも、千夏の晴れ姿楽しみにしてるんだってよ」

祖母を引き合いに出されると痛い。私は一瞬押し黙ってしまった。

想っている相手はいる。その相手も昨日、自分を好きだと言ってくれた。だけど、まだ真実がはっきりしていないがために、彼の存在を口に出すのは憚《はばか》られた。

「でもほら。そんな会社の部下と……って、お父さんは抵抗ないの？　毎日顔を合わせるわけだし」

「さっきも言っただろ？　いいやつなんだよ。逆によく知る相手だから安心かもな。それに定年すれば上司でもなくなる」

「えぇ……」

「ま、少し考えてみたらいい。今の仕事も体力いるだろうし、この先ずっと続けるっていうのは厳しいだろう」

父はそう言って話を終わらせると席を立った。

その後、私は悶々《もんもん》としながら父と一緒に祖母のいる病院へ向かった。


祖母は、顔を見るまで心配だったけど思ったよりも元気そうで安心した。

会話が弾《はず》み、デイルームに小一時間滞在して「早く退院してね」と声をかけ別れた。

父の後ろについて廊下を歩く。一階へ移動する間も、私は終始そわそわとしていた。

実は病院に入る前……いや。昼食後、父に祖母の入院先を聞いてから、ずっと緊張していた。

よりにもよって遊馬記念病院だったからだ。

由也先輩がいるかもしれない。そう思うだけで過剰に意識してしまう。

彼は昔も今も明言《めいげん》してはいなかったが、ここを継ぐことになっているのは間違いない。年齢的にも、留学先から帰国してすぐ、この病院に勤務していると考えるのが自然だ。

「あ、千夏。ちょっと待っててくれ。売店行ってくる」

「えっ。わ、わかった……」

父の急な行動に、内心『どうして今、ここで！』と返したくなった。

私は致し方なくロビーの椅子《いす》に腰をかけて父を待つ。

病棟じゃなければ、由也先輩が出勤していたとしても遭遇する確率は低いよね。うん、こんなに大きい病院だし、平気平気。

私が勤める病院に比べ、十倍はあるくらい広々としたロビー。数年前改装したと噂《うわさ》で聞いていた通り、新築のように綺麗な施設だ。今日は日曜だからロビーは閑散《かんさん》としているけれど、平日には患者が大勢いるのだろう。

ふと背後の大きな窓に目を向けた。手入れされた植物が植えられていて、景観も落ち着いていてとてもいい。どうやら庭園に続く道になっているみたい。さっきデイルームから見下ろしたら素晴らしい庭があり、紫陽花《あじさい》が鮮やかに咲いていた。

遊馬記念病院は、改装の際に患者がリラックスできるようにと庭園づくりにこだわったとなにかで見た。季節ごとに色とりどりの花が植えられ、入院患者はもちろんスタッフからも好評で多くの患者が散歩や外気浴に利用している、と。

私が窓の外に意識を奪われていると、白衣を着た男性が庭園のほうからやってきた。ドクターも散歩をしてるんだなとなにげなく眺めていると、後ろからワンピース姿の女性がドクターを追ってきた。ふたりは並んでこちら側へ向かって歩いてくる。

こういう場所は、スタッフとも患者とも交流できるいい場かもしれない。

そう思いながら無意識にふたりを目で追っていくうち、徐々に顔立ちがはっきり見えてくる。

「えっ……」

思わず声が漏れ出た。同時に心臓が大きな脈を打ち始める。

ガラス越しに見えるあのドクター……。髪型がアップバングヘアで一瞬別人かと思ったけど、あれって由也先輩だ。どうしよう。本当に遭遇するとは思わなかった。あでも、外と室内だし、向こうは私に気づいてないし……。

うれしいような困るような、なんとも落ち着かない気持ちで由也先輩を見ていたら、信じられない光景を目の当たりにした。

なにかに躓《つまず》いたらしい女性が体勢を崩した瞬間、すかさず彼が彼女の腰に手を回して助けた。転ばずに済んだ女性はごく自然に由也先輩の腕を受け入れ、彼を見上げては愛らしい笑顔を見せる。さりげなく彼の白衣の袖を掴んでいるのも気になった。

見たくないのに身体が言うことを聞かない。

「悪い。待たせたな」

強張《こわば》っている私を、父の声が現実に引き戻した。

「あっ、ううん。大丈夫。売店でよかったの？　帰り道のスーパーとかコンビニとかでも……え？」

椅子から腰を浮かした瞬間、買ってきたばかりのビニール袋を差し出された。中身を覗けば私の好きなミルクティーとお菓子が入っていた。

「病院出たらもう別々だろ。これ、新幹線で飲め。あと、夜も大変だろうからって、母さんが弁当作ってくれたから。ほら」

たった今心を抉られたばかりだからか、両親の気遣《きづか》いが胸に染みる。

「ありがと……」

続いて受け取った紙袋の中には、保冷剤と見覚えのあるお弁当箱。

「まあ、また明日から仕事頑張れよ」

「うん」

父のおかげで動転しかけた気持ちを持ち直せた。

私が病院を出たときには、すでに彼の姿はなかった。

父と別れて帰路についた後も、あの女性に向けた彼の柔らかな表情が頭から離れなかった。

3. 雨に濡れたキス、涙

あれからずっと、気分は晴れないままだった。

お見舞いで訪れた遊馬記念病院で見た光景が忘れられない。

あそこで見かけたドクターは由也先輩で間違いない。髪型が少し違っていたようにも思えたけれど、向こうでの仕事中は前髪を思い切り上げているのかもしれない。だからこそ、顔がちゃんと見えてはっきり彼だとわかった。

私に目撃されたなどとは知る由《よし》もない由也先輩は、変わらぬ様子でときどきメッセージを送ってくる。マメに連絡できないと思うと言っていたわりに、一日に一回は連絡をくれていた。

忙しいのに、一日に数分でも自分のことを思い出して連絡をくれていると考えたら、衝撃的な場面を見た後でも嫌いにはなれなかった。そうしてまた、金曜日の夕方に会う約束までしてしまった。

会えない日を重ねていくにつれ、疑念《ぎねん》は深くなるいっぽう。由也先輩への不信感が募って、ずっと心が苦しい。

やっぱり過去にあった出来事も、特別な事情なんてなにもなかったんじゃないかな。不穏な空気を感じずにはいられない。まさか十年以上経った後も、似た状況、同じ気持ちになるとは思わなかった。

もういろいろと憶測《おくそく》をめぐらせるのはやめにしよう。今度は黙って逃げて終わるのではなく、自ら終わらせる。

過去と今のこの気持ちを断ち切るために。

約束の金曜日。奇《く》しくも今日は私の誕生日だ。

空はあいにくの雨。そして夕方には由也先輩と会うのだと思えば、気持ちまでどんよりしていた。

仕事を終えた私は、職場を出て傘をさした。この期《ご》に及んで足が竦む。

いつもなら、落ち込んだり苛立《いらだ》ったりする気持ちをすっきりさせるために身体を動かして解決するのに。今回ばかりは、心に相乗《そうじょう》して身体すら重く感じる。運動する気力もない感じだ。

徒歩でバッティングセンターまで向かうと、すでに由也先輩は到着していた。黒い傘をさしている彼は、私を見つけるなり笑顔を見せて軽く手を上げる。

私は嘘でも笑いかけることができず、かろうじて会釈をするのが精いっぱいだった。

「千夏。こんなに降ってってもやるのか？　バッターボックスは屋根があっても地面は濡れてるだろ。怪我でもしたら……」

「今日は……止《や》めておきます」

空を見上げていた彼は顔を戻し、目をぱちくりとさせる。

「そう。じゃあ、どこかへ移動する？」

私は小さく首を横に振った。

「いえ。今日は、しばらくここへ通うのも休もうと思ったので、それを伝えにきただけですから。もう、会いません」

さっきから由也先輩をまともに見られない。顔を見れば、お見舞い帰りに目撃した光景が脳裏を過《よぎ》る。

私は軽く会釈をし、視線を落としたままその場から離れようとした。

次の瞬間、手首を掴まれる。

「どうして？　いや。その前に大事なことを忘れてないか？」

彼はどちらかといえばクールで、普段は慌てるタイプではない。だけど、今は表情だけでなく言葉からも指先からも焦りを感じられた。初めて知る彼だ。

目の前にいる彼と、あの日女性の隣で笑っていた彼、どちらが本当の顔なの……？

「ごめんなさい。やっぱり私はあなたを信じられない」

雨音が響く中、はっきりと告げた。

束の間静まり返り、まるで時が止まったようだった。でも傘の上を弾き、アスファルトに落ちていくとめどない雨の音が、時間は進んでいることを証明していた。

「なぜ？　俺は自分の正直な気持ちを言った。理由を聞かせてもらう権利はあるはず」

由也先輩は私の手を離すつもりはないらしい。まっすぐにこちらを見つめ、答えを待っている。

だけど……彼が求める理由を説明して、一体なんになるのだろう。

目にした事実を糾弾《きゅうだん》して、過去を責めて、彼から聞かされる無情な答えに傷つくくらいなら、もうこのまま終わりにしたほうがいい。

すると、私たちの気まずい空気などお構いなしに明るい着信音が鳴り始める。私のスマートフォンの着信をきっかけに、由也先輩はスッと手を離した。

私はバッグからスマートフォンを出し、発信主は父だと確認する。

「俺のことは気にせず、出ていいよ」

由也先輩の前で通話するのは落ち着かなかったが、遠慮する雰囲気でもなくて仕方なく電話に出た。

「も、もしもし？　お父さん、私、今」

『お？　まだ外か？　雨の音であんまり声がはっきりしないな』

原因はきっと雨だけではない。由也先輩の前なのもあり、いつもより小さな声で対応していたかもしれない。

そんな理由を説明する暇も与えられず、父は矢継《やつ》ぎ早《ばや》に話し出す。

『今日誕生日だな。おめでとう』

「あ、ありがとう。あのね」

『で、あれから約一週間経ったな。見合いの件、腹は決まったか？』

私は咄嗟に片目を瞑り、しかめっ面になっていた。急にスピーカーから聞こえる声のボリュームが大きくなったからだ。

慌ててディスプレイを見れば、スマートフォンを耳に押し当てるあまり、スピーカーホンに切り替えるボタンが作動したらしい。狼狽えて通常モードに切り替えるものの、視界の隅に映る由也先輩の反応が気になって仕方がない。

さりげなく彼へ背中を背け、こそこそと返事をする。

「お、お父さん。その話は家に帰った後でゆっくり電話するから！」

『あ～、それもそうだな。悪い。じゃ、気をつけて帰れよ。あとでな』

とりあえず短めに通話を終えられてほっと息を吐くも、後ろにいる由也先輩の存在を思い出すと、ばつが悪い。

私はそろりと振り返り、頭を下げた。

「す、すみません、話の途中で……」

「お見合い？　君が？」

由也先輩は私の言葉を遮って聞いてくる。

「あっ……あれは、その、なんというか……」

正直に話せばいいものを、彼の切迫感がこもった視線を受けて冷静になれなかった。

これじゃあお見合いの話が舞い込んだから、彼の告白を断ったと誤解されかねない。

即座に否定しようとしたけれど、ふと気づく。

誤解されたままでもいいのかもしれない。そのほうが、由也先輩から失望されて私もすんなりあきらめがつくよね。

心の中で葛藤《かっとう》していたとき、ふいに左肩を押さえられた。驚く間もなく彼は鼻先を寄せ、唇を重ねた。

なにが起きているのか瞬時には理解できない。

はっと我に返った私は、両手で彼の胸を押しやった。

「なにっ……を、んッ」

アスファルトに私の傘が落ちた後、今度は彼の傘も同様に音を立ててひっくり返る。

私の抵抗なんて難なく受け止め、由也先輩は腰を引き寄せて再び口を塞いでいた。

頭の中がパニックで、雨に打たれている感覚さえなかった。

数秒後、唇が離れていく。しかし、身体は密着したままだ。

恐る恐る瞼を押し上げると、由也先輩は怖いほど真剣な眼差しを向けて言う。

「見合いをするくらいなら、俺と結婚すればいい」

唖然としてなにも言葉が出て来ない。

彼の黒髪が雨で濡れ、毛先から落ちた雫《しずく》が頬を伝う。それをひとつも煩《わずら》わしそうにせず、ただ綺麗な瞳に私を映し出していた。

次の瞬間、パン、と緊張の走る音が響く。私が彼の頬を打った音だ。

感情がぐちゃぐちゃで言葉にならなくて、咄嗟に手が出てしまった。

だって……いくらなんでもひどい。由也先輩にはほかに親しい女性がいるのに、簡単に『俺と結婚すればいい』だなんて。

由也先輩は平手打ちの衝撃で横を向いた顔をゆっくり戻し、ぽつりと謝る。

「……ごめん。言葉で信用してもらえないなら態度で伝えるしかないと思って、つい」

「なに言って……」

「好きだ。簡単にあきらめたりなんかできない。見合いにだって行かせたくない」

言下に二度目の告白をされ、驚愕する。

彼の情熱的な双眼《そうがん》に絆されそうになりながらも、頑張って理性を繋ぎ止めた。

「それって本心ですか？　ほかにもいるんでしょう？」

私は抑揚《よくよう》を抑えたトーンで言って冷たく突き放す。彼は訝《いぶか》しげに声を漏らした。

「ほかにも……？」

「とにかく！　もうこうして会うのは終わりにしましょう。あなたは東京に居場所も、必要としている女性もいてお忙しいと思いますから」

最後は目も合わせずに捲し立て、落とした傘を拾って踵を返した。

一方的な態度を取って逃げているって自覚はある。でももういろいろと限界。自分の中の感情を処理しきれない。

すると、彼が私の肩を掴んで制止する。

「終わりにしない。信用も心も唇も、今度こそ君の全部を手に入れる」

彼の熱意に圧倒され、振り向かないと決めたのに顔が後ろを向いてしまった。刹那、冷えた頬に唇が落ちてくる。

軽いキスとはいえ、私にとっては大ごとだ。

さっき絶縁宣言したというのに、容易《たやす》く心を乱される。至近距離の彼の艶っぽい眼差しとシリアスな雰囲気に気圧《けお》される。

「ま……待って」

「待たない」

もはや傘もまともにさせず、降りしきる雨に濡れ続ける。

私は傘の柄《え》を握り締めるのがやっと。

「まだ想いを断ち切る気もないし、逃がすつもりもない」

彼の力強い瞳に吸い込まれる。間近でそうささやく由也先輩は、再びゆっくりと顔を傾《かたむ》ける。一瞬受け入れそうになる直前、声を振り絞った。

「ちょ……っ、ダ、ダメッ」

顔を背けて身体の距離を取り、一拍置いて言い放つ。

「か、帰ります！」

心臓がバクバクしてる。一体なにが起きているのか、頭がついていってない。

とにかくこの場から離れようと一歩踏み出すや否や、今度は腕を掴まれる。

彼を振り返れば、ずぶ濡れなのも厭《いと》わない様子で、本気を滲ませる双眼を私に向けていた。

これ以上、その瞳に捕らわれていたら感情に流されそうで怖い。

由也先輩は身を強張らせる私を力ずくで引き寄せ、耳元でささやく。

「ひとつだけ。さっき言った言葉全部、この場凌《しの》ぎのものじゃないから」

そうして私の腕を放し、傘を拾い上げて言った。

「また必ず会いに来る」

私はその言葉を聞き、堪らずに駆け出した。

一度も振り返らず必死に走り続けてアパートに着いた頃には、水に浸《つ》かったのかというほど全身びしょ濡れ。私はすぐにバスルームに向かい、シャワーを浴びた。

鏡の中の自分と目を合わせ、無意識に唇に視線がいった。そして、直視できなくなって顔を背けるのと同時に手の甲で唇を擦《こす》る。

彼にキスされたのは、消し去りたい出来事なのに……きっとずっと忘れられない。

あの日から、ずっと冴えない天気が続いている。

雨と傘から離れたいのに叶わない。

今日まで構えていたものの、由也先輩からは一度も連絡はなかった。

ほっとするのとモヤモヤするのと半々。そんな揺らいでいる自分が嫌だった。

父へはあの夜、折り返し電話をかけた。が、お見合いについては決断できずにうやむやな返答で終わってしまった。おそらくまた催促の電話が来るだろう。

そうして迎えた水曜日。通常なら午後に小泉先生がやってくる日だ。しかし今日は、自分が勤務する病院で手術の予定があるらしく休診となっている。

私は雑念を取り払いたくて、とにかく仕事に集中していた。

油断すればいろんなことを思い出す。優しく笑いかけられたり、好きだと言われたり。お見合いの件も、嫉妬《しっと》にも思える言動だった。どれもこれも猜疑心《さいぎしん》を抱かずにはいられない。

先週から、ずっとこの繰り返し。

定時を迎えた私は、スタッフルームに戻って資料や評価表などの作成に勤《いそ》しんだ。

早く帰宅しても余計なことを考えるだけだから、今は残業がありがたい。

パソコン画面に集中していると、向かいの席の恵さんは一段落したらしく、雑談を投げかけてきた。

「ね。今日小泉先生、手術のため出張診療休みだったでしょ？　それ、遊馬先生とダブル執刀《しっとう》だったみたいよ。結構難しい手術みたい」

いきなり由也先輩の話題を振られたのはふいうちだった。虚《きょ》を突かれ、一瞬たじろぐも態勢を整えて返す。

「へえ。そうなんですか？　詳しいですね」

「小泉先生のとこの病院に看護師の友達がいるからね～」

恵さんは得意げに続ける。

「でね？　その友達の知り合いから仕入れた遊馬先生の情報なんだけどー」

よりにもよって由也先輩の話題かと内心困惑しつつ、平静を装って軽く相槌を打つ。

すると、恵さんが横にやってきて顔を寄せてきた。

「遊馬先生って同性の双子らしいよ。イケメンの双子、興味あるわよねえ！　二卵性《にらんせい》かな？　一卵性《いちらんせい》かな」

由也先輩が双子とは初耳だ。もとより、彼は自分のこと……特に家族についてはあまり話したくなさそうだったから深く追求したことがなかった。

彼のプライベートを第三者から聞かされ、複雑な心境になる。

私が彼について知っているのは、優秀な外科医師で大病院の後継ぎという程度。

結局、今も昔も彼に踏み込めない。福島へは難しい手術の応援で来たということも、兄弟がいるって話さえも、所詮《しょせん》してもらえない関係だ。

自暴自棄《じぼうじき》になって考えていたときに、はたと気づく。

双子の……兄弟……？

つまり、その人は由也先輩と容姿が瓜二《うりふた》つという可能性があるんじゃ……。

兄弟なら、〝遊馬〟なわけで遊馬記念病院にドクターとして勤務していても不思議じゃない。

大きな思い違いをしていたのではないかと、私は顔面蒼白《がんめんそうはく》になる。

「あのっ、私もきりがいいとこまで進みましたので、今日はもう上がりませんか？」

いてもたってもいられなく提案すると、恵さんはふたつ返事で合意し、ふたりで帰り支度を始める。

私の頭の中は由也先輩に会いたい一心。

彼がここ福島へ来ているらしいというのは、さっき恵さんから聞いたから、あとは勇気とタイミングだ。

職員玄関で恵さんと別れ、急いで駐輪場へ向かう。

空は今も曇天《どんてん》模様。雨が今にも降り出しそうなのをどうにか持ち堪《こた》えている感じ。

ひとまず自転車を押して正門を出て、邪魔にならない歩道の隅で立ち止まった。

もしかしたらもう郡山駅へ向かってしまったかもしれない。さすがに自転車で郡山駅までは遠すぎる。ここから最寄《もよ》りの郡山行きのバス停はすぐだけど、ちょうどいい時間のバスはなかった気がするし……ああ、もう。どうしたら……！

そこまで考えて一度冷静になる。

待って。今はもう連絡手段があるじゃない。自分から電話をかけたことがないからものすごく緊張するけど……とにかくまずは連絡しなきゃ始まらない。

私はスマートフォンをバッグから出し、意を決して電話をかける。けれども、すぐに留守番電話サービスに切り替わってしまった。

留守番電話設定にしているということは、まだ病院内にいる……？　だとしたら、小泉先生が勤務する病院へ行くしかない。そこなら、自転車で行けなくはない距離だ。

急く気持ちで自転車のスタンドを解除し、サドルに座ろうとした矢先、前方に人の気配を感じて顔を上げた。

「よかった。間に合って」

息を切らして安堵の表情を浮かべそう言ったのは、紛れもなく由也先輩だ。

私は驚倒して目を見開いたまま固まった。

私の着信を見て来たわけではないのは簡単明瞭《めいりょう》。だって、電話をかけたのはほんの数分前なのだから。

つまり、由也先輩は初めからここへ向かっていたってこと——。

途端に目の前が滲んでいく。彼の狼狽える顔も、徐々に見えづらくなっていった。

「えっ……千夏？　どうした？」

私は俯いて目尻を拭い、つぶやく。

「私も……。今、由也先輩と会えてよかったです」

私の涙交じりの笑顔に、由也先輩は終始狼狽えていた。


その後自転車を職場に置いて、由也先輩とタクシーで移動し郡山駅周辺へ到着した。

私の自宅アパートからは遠ざかるけれど、帰りはタクシーで送ると言う彼の意に従った。彼は今日福島に一泊して明日東京に戻るらしい。

私たちが向かった先は高級料亭。年季の入った木の壁は荘厳《そうごん》さを放ち、入り口にかけられた青藍《せいらん》の暖簾《のれん》もまた、歴史を感じるものだった。

由也先輩はあまりの高級感ある佇《たたず》まいに思わず入店を躊躇《ちゅうちょ》しかけた私に気づき、

そっと背中に手を添える。心を決めて粛々《しゅくしゅく》と敷居を跨いだ。

それにしても、今日の服装がジーンズなどではなくスカートに見える黒のガウチョパンツなのがせめてもの救い。店内は外観と同様に風雅《ふうが》な造りで、食事を楽しんでいるお客さんはインフォーマル程度の服装の人がほとんどだ。

出迎えに来た女将《おかみ》は由也先輩と少し言葉を交わすと、すぐに個室へ案内してくれる。

座敷に上がって座った直後、女将がニコリと微笑んだ。

「お越しいただきありがとうございます。本日はご予約時に承《うけたまわ》っております通りにご用意させていただいてよろしいでしょうか？」

「はい。お願いします」

女将は「かしこまりました」と深く頭を下げ、席を外す。その会話が引っかかり、襖《ふすま》が閉まったのを見届けてから口を開いた。

「あの、ここって予約してたんですか？」

「小泉先生の行きつけらしくて。実は今日一緒に来る予定だったんだけど」

「えっ！」

小泉先生と来るはずのお店⁉　どういうこと？　私、場違いじゃ……。

「気分を悪くしたらすまない。でも正直、俺は福島の店は詳しくないし、時間も限られてたから」

私は唖然として正面の由也先輩をしばらく見つめ、恐る恐る尋ねた。

「私は構いませんが……小泉先生は大丈夫なんですか？」

まさか小泉先生の誘いを蹴《け》ったうえ、当初予定していた店を横取りした形になっているのではと不安になる。

狼狽える私をよそに、由也先輩は笑顔を見せる。

「うん。事情を話したら快《こころよ》く送り出してくれた」

「そ、そうなんですか？」

『事情』って……どういうふうに話をしたんだろう。すごく気になるけど、なんだかこれ以上は聞けなそう。

私は由也先輩の視線が向けられると直感し、つい目を伏せる。

「ええと、今日は小泉先生と一緒に執刀されていたと聞きました」

「ああ。元々今回の手術を手伝う約束でこっちへ通っていたから。無事に終わってほっとしてる」

「そうなんですね。お疲れ様です」

なにげなく振った話題だった。けれども彼の言葉を受け、彼が福島へ来る理由がなくなったことに気づき、寂寥感《せきりょうかん》を抱く。

彼はテーブルに置かれていた水を口に含み終えてから続ける。

「今日の患者はおそらく落ち着いたら君の病院へ移ると思う。自宅から近いようだし、小泉先生も週二でそっちへ行っているから術後の経過も見られるし。患者の家族も好都合だと話してた」

由也先輩の声が遠く感じる。

患者が自分の勤める病院に転院して来るのなら、私にも関係ある話なのに、気持ちがどこか別のところへ行っていた。

「小泉先生がそっちのリハビリテーションスタッフも優秀だから大丈夫って常々言ってた。俺も少ししか見学してないが、十分なサポートをしてくれそうだと思ってる」

「そう言ってもらえると……背筋が伸びます。頑張ります」

どうにか愛想《あいそ》笑いを浮かべて返す。

彼は東京に拠点を置いている人だ。こうして何度も会えていたのが奇跡。もしかしたら、今日が最後かもしれない。彼に話したいこと、聞きたいことがあるなら今日が最後のチャンスだ。

私が密かに決意していると、彼は穏やかな顔で笑った。

「野球が好きな子みたいだから、千夏と気が合いそう」

「……え？　野球が好きな子？」

「ああ。最近グローブに触る機会があって、退院したら自分のグローブ買ってもらうんだって話してた」

〝子〟ということは患者は子ども。それに、退院したらグローブを……って――。

「もしかしてその子、春季くんって名前だったり……？」

「そう。え？　千夏の知り合い？」

「嘘……！　まさか、春季くんの執刀医が由也先輩だなんて！」

私たちは目を見合わせ、しばらく固まる。先に沈黙を破ったのは由也先輩。

「俺は小児外科の経験を多く積んでるほうなんだ。今回のダブルスイッチ手術っていうのは難易度が高いからと小泉先生が依頼してきた」

彼はグラスにもう一度手を添え、柔らかな表情を浮かべてさらに続ける。

「手術前、あの子と少し話をした。近所の公園に来るお姉ちゃんって君だったのか。なんとなく千夏を思い出しはしたけれど」

「あ、私も知り合ったのはわりと最近なんですけど。そうですか……無事に手術終えたんですね。よかった……」

由也先輩の話から春季くんの無事を確信し、うれしさが込み上げる。

「ドクターは命を救ってあげられる——やっぱり……すごい存在ですね」

憧れはあっても自分は医師にはなれないから、せめて今いる場所でドクターと患者とをサポートしたい。

「やっぱり、俺たち医師はひとりでも多くの人を救いたいから」

凛とした声で答える彼の瞳から、滾《たぎ》る思いを感じられた。

「でも悪い部分を直接的に治してあげられたとしても、それだけでは足りない。術後、身心の回復をサポートし、日常生活に戻れるまで支援する。ときには不安を和らげるようにフォローしながら。そうして初めて、患者を救えたと言えると思ってる」

「そうですね」

「そのためには、看護師や君みたいなリハビリテーションのプロが欠かせない。だから君も胸を張っていいと思う。それぞれの役割があり、みんな必要な存在だ。俺たち医師だけが患者を救っているわけじゃないよ」

微笑みかけられた瞬間、心臓が明らかに早い鼓動を打ち始める。

誰かに認められるというのはうれしい。それが同僚や先輩、上司はもちろん尊敬している人……ひいては特別に想いを寄せている相手なら、いっそう承認欲求を満たされるし自信になる。

中にはプライドが高い医師もいて、そういう人からは蔑《ないがし》ろに扱われることも稀にある。今みたいに厚い信頼や激励《げきれい》を直接言葉で伝えられたのは初めてだ。

私は胸の奥が熱くなり、感極まって涙が出そうになるのを必死に堪えた。

「千夏が担当していた患者は、みんな千夏に心を開いているように見受けられた。君は昔から人の気持ちに寄り添える心を持ってるからだな」

すぐに声を出すと泣いてしまいそうで、数秒待ってから小さく返した。

「ありがとう、ございます」

軽く下げた頭をなかなか上げられない。次にまた優しい目の彼を見れば、今度こそ涙が溢《あふ》れてしまいそうだったから。

「魅力的な反面、少し不安になるよ。ほかの誰かが君に惹かれるんじゃないかと」

「はい……？」

おずおずと顔を上げたタイミングで襖の向こうから声をかけられた。由也先輩が返事をすると、仲居《なかい》さんが顔を出す。

「お飲み物と箸付《はしづ》けをお持ちいたしました。本日の箸付けは海鮮の利休《りきゅう》和《あ》えでございます」

一時話を中断し、おとなしく座って待つ。仲居さんが一礼して下がった後、私は小鉢を見て声を上げた。

「わあ、美味《おい》しそうですね。これって鮑《あわび》かな？」

「多分そうだな」

「ええ！　初めて本物を見た～！　いつもテレビでしか……あっ。すみません……行儀が悪かったですね」

私が肩を窄めると、由也先輩はおかしそうにクスクスと笑う。

「いや。まずは食事をいただこう。お互い話したいことはその後で。小泉先生御用達《ごようたし》の店だから、味わって食べないと」

由也先輩はそう言ってお酒の入ったグラスを手に取り、私のグラスに近づけて軽く鳴らした。

料亭を出たのは八時半過ぎ。その後、彼の提案で宿泊先のラウンジで話の続きをする流れになった。

最上階である十七階からの景色は、東京と比べて派手《はで》さはないが綺麗な夜景だった。

カウンター席で飲み直し始めてすぐ、私は改めてお礼を言った。

「さっきはごちそうさまでした。あの……私の分まですみません」

「別に気にしなくていい。誘ったのは俺だから」

「でも……絶対高額でしたよね？　やっぱり私、せめて半分くらいは」

カウンターチェアの背に置いていたバッグに手を伸ばすや否や、止められる。

「美味しいって蕩《とろ》けるような顔して食べてる姿に満足したからいいんだ」

楽しげに目を細めて言われると、恥ずかしすぎる。まともに顔を合わせられなくて、グラスの脚《あし》をきゅっと握って俯いた。

「この間はごめん」

突然の謝罪に驚いて彼を見た。彼は眉間に深い皺を刻み、真剣な面持ちで続ける。

「だけど見合いは考え直してほしい」

そこでようやく、先ほどの『ごめん』が雨の日のキスを言っているのだと理解した。

同時にあの日の力強いキスが蘇り、頬に熱を感じる。

「あのとき俺が言った結婚云々《うんぬん》っていうのは、あの場で君を引き留めるために咄嗟に出た言葉なのは認める。ただ、でまかせじゃない。君が相手だから出てきた言葉で」

いつも落ち着いている由也先輩が、たどたどしく懸命に伝えてくれている。

こんなの……ときめくなっていうほうが無理。

「もし見合いをするって言うなら、力ずくでも攫《さら》って……」

「お見合いはしません」

私が言下に否定すると、由也先輩は目を見開いて固まった。

私は改めて彼をまっすぐ見据えて伝える。

「やめます」

父へはまだ断りの連絡を入れていない。けれども、私の気持ちは固まっていた。

どれだけ傷ついたって、やっぱり私の心の中には由也先輩がいて……。簡単には気持ちを切り替えられない。そう思っていたところに、恵さんから由也先輩が双子だという話を聞いたから。

「ひとつ……質問しても、いいですか？」

「うん。なに？」

すごく緊張する。震えそうな手をきつく握り、一拍置いて静かに口を開いた。

「由也先輩……ご兄弟っていますか？」

彼の答えによっては、期待を打ち砕かれる。そのときはもう……本当にこの感情を切り捨てよう。

心臓が信じられないほど大きく脈打ってる。真実を聞くのが怖くて苦しい。

すると、由也先輩はさらりと返す。

「いるよ。兄がひとり」

「そのお兄さんってもしや……双子の？」

瞬間、由也先輩の表情は明らかに変化した。顔が強張り、瞳を揺らした。しかしそれも一瞬で、彼はいつものように冷静な声音で答える。

「そう。一卵性の双生児《そうせいじ》で、兄も同じ遊馬記念病院にいる」

一卵性双生児……しかも、お兄さんも遊馬記念病院に――。

まだ確実ではない。安心するのは早いとわかってる。でも心が期待してやまない。

「でも、どうしてそれを千夏が？」

「私、先々週の日曜日、入院中の家族に面会するために遊馬記念病院へ行きました。そのとき……由也先輩と女性が一緒にいるのを見たんです」

震える声を絞り出し思い切って事情を話したら、彼は怪訝そうな顔つきでつぶやく。

「先々週の日曜……？　確か俺はその日は非番でずっと家に……あ、兄貴と俺を見間違えて？」

彼のひとことに、ひと筋の光が見える。

「やっぱり私の勘違いだったんですね。お兄さんがいるって知らなかったから、完全に由也先輩だと思い込んでしまって……ごめんなさい」

別人の可能性など考えもしなかった。とにかくショックで……身を裂く思いで由也先輩につらく当たった。そうしないと自分を保てなかった。

「そうか。だから俺のことを信じられないと自分を保てなかった。

ようやく話が繋がったと言わんばかりに瞳を大きくしている彼を見て、はっとする。

「……もしかすると、あのときの由也先輩も本当は違ったんじゃ」

「え？　あのときって？」

遊馬記念病院で見た光景で頭がいっぱいで、もうひとつの可能性までは考えが及ばなかった。

一番初めに彼の態度に違和感を覚えた日のことを――。

「十四年前、あの公園で由也先輩と火曜日にすれ違ったんです。いつもは水曜日に来ていたのにめずらしいうえ、女の子とふたりで歩いていて驚いて」

記憶を遡《さかのぼ》りながら静かに語ると、彼は本当に驚いた様子でこちらを凝視していた。

「私、ランニングのスピードを緩めて先輩に視線を送ったら……あからさまに避けられたんです。というか、まるで知らない人みたいな態度を取られて。一瞥されて素通りされちゃって」

「それは俺じゃない。記憶にないし、第一あの場所へは必ずひとりで行ってた」

即座に否定する由也先輩に、私は苦笑した。

「やっぱりそうですか。じゃあお兄さんも同じ高校だったんですね。制服も一緒だったから、私すっかり先輩だと思い込んで傷ついちゃって」

長年胸につかえていたものが取れてすっきりする。真実を紐解《ひもと》けばこんなにも単純だったのに、勝手に思い込んで確かめる勇気もなかったせいで拗《こじ》れていたなんて。

すべて明らかになった今、由也先輩の顔を見ても刺々《とげとげ》しい思いにはならない。好きなのに、傷つきたくなくて認められなかったもどかしさからも解放される。

心が軽くなった私とは裏腹《うらはら》に、由也先輩は口を覆《おお》って未だに愕然《がくぜん》としていた。

「知らなかった……いや、当然か。そのまま千夏は消えてしまったもんな……。つまり、公園に来なくなった理由はそれだったのか」

「ごめんなさい……。だから私、先輩と福島《ここ》で再会したときも喜びよりも戸惑いと猜疑心でいっぱいになってしまったんです。もう傷つきたくなかったから。ひどい態度ばかり取って本当にすみませんでした」

由也先輩は今度は額を押さえ、深く息を吐いて肩を落とす。

「いや。俺が話さなかったせいだったんだな。本当にごめん」

彼は睫毛《まつげ》を伏せたまま、しばらく止まっていた。いよいよ声をかけようかとしたときに、瞼を押し上げ口を開く。

「あの頃は兄に対して遠慮する気持ちが大きくて、将来の悩みを誰にも話せずにひとりで抱えていて……千夏が迷っていた俺の背中を押してくれたんだ」

「えっ？　私はなにも……」

「俺が医師になるか迷っていた際、その道に進むのを俺が本心では嫌と思っていないことを気づかせてくれたのは千夏だから」

彼は真剣な眼差しで言った直後、柔和な表情を浮かべた。

「挫折《ざせつ》を味わっても卑屈《ひくつ》にならず、努力してまっすぐ前だけを見る君にかけられた言葉が、あれから今日までの俺を支えてる」

溢れんばかりの想いを向けられて戸惑う。

学生時代の彼は、あまりこんなふうに感情を口に出さなかったから。大人になった彼は再会してからずっと、ストレートに気持ちを伝えてきてくれる。

「もう一度改めて言うよ。俺はずっと君が好きだった」

〝初恋は実らない〟とどこかで聞いた。当時、その通りだなと気持ちに折り合いをつけた。しかし、長い時を経て起きる奇跡もあるのだと身をもって実感する。高まる感情に自然と瞳が潤《うる》んだ。

「私も……好き、です」

由也先輩をちゃんと見て答えるべきだと頭ではわかっていたけれど、どうにも気恥ずかしくてまともに目も合わせられない。時間をかけておずおずと彼の顔を窺うと、極上《ごくじょう》の笑みを返された。

照れくさくて間が持たない私は、グラスに残っていたお酒を一気に飲み干した。グラスをカウンターに戻すと、スッと手を重ねられる。

「もう少し一緒にいたい」

聞いたことがないほどの甘やかな声に、いっそう酔《よ》わされる。

ふわふわした意識の中で、私は静かに頷いた。

彼が今夜宿泊するエグゼクティブルームは、ひとりで使用するには十分すぎる広さだった。当然私はこのランクの部屋を利用した経験などない。

いつもであれば興味を引かれる。けれども、今は部屋の広さもスタイリッシュなデザインも堪能《たんのう》する暇も与えられず、視界を遮られた。ドアが閉まるかどうかというときに腰を引き寄せられる。

「ん……っ」

本来理性的なタイプの彼が余裕のないキスを繰り返すものだから、こちらも気持ちを煽《あお》られ、身体が火照《ほて》っていく。電気も点《つ》けず、唇に触れては離し、次はさらに深く口づける。ただ夢中でそれを繰り返していた。

由也先輩の唇からはカクテルの味。私もお酒は飲んだけれど、体温が上がっているのも脈が速くなっているのもそのせいではない。

軽い酸欠もあり、由也先輩の肩に頭を預けてぼーっとしていたら、スマートフォンの着信音が聞こえてきた。

「由也先輩……？　電話じゃ……ひゃあっ」

自分の設定した音色ではないため、ひと声かけた。瞬間、軽々と抱え上げられる。

びっくりしてしがみつくのが精いっぱいで言葉が出て来ない。

「あれはプライベート用だから、今はいい」

彼は淡々と答えると長い足でキングサイズのベッドに向かい、私を降ろした。

さっきまでとは違う視界に、心臓はさらに早い鼓動を打つ。由也先輩に真上から見下ろされ、顔が徐々に近づいてくるのを感じて瞼を閉じた。

「ん……ん、ンッ」

軽く重ねるキスから、時間をかけて深く艶《なま》めかしい口づけに変化していく。次第に甘い声が漏れ出てしまって止められない。

彼はちゅうっと音を立てて唇を離した後、愛おしそうな面差しで私の頭を撫でた。

「……可愛い。油断したら理性飛びそう」

与えられる刺激も言葉も視線もなにもかも、思考をとろとろに溶かされる。

「由也先ぱ……あっん」

ふいに耳にキスをされ、私は首を窄めて猫みたいに高い声を上げた。ぎゅっと瞼を閉じている間に、直接耳孔《じこう》にささやかれる。

「この前から感じてたけどその呼び方、時間が戻ったみたいだ」

ゆっくり睫毛を上向きにさせると、恍惚《こうこつ》として微笑を浮かべながらも、どこかもどかしそうに眉根を寄せる由也先輩が瞳に映し出された。

「でも俺の腕の中にいるのは大人の千夏で……ああ、もうどう表現したらいいか……」

過去の出会いとすれ違い、再会から気持ちが通い合うまでの経緯は、言葉で説明できたとしても心の揺れ動きまでは難しい。

彼の戸惑いがわかる気がして、目を伏せていた由也先輩の頬に手を伸ばし、そっと口づける。瞳を大きくさせる彼を見て、ふっと微笑んだ。

「表現なら、言葉以外の方法もあります」

「……人がせっかく抑えてるってのに」

彼はぽつりとつぶやくなり、私の両手を顔の横に拘束《こうそく》する。長い指を絡《から》ませ、ぎゅっと握った。

「だったら、ちゃんと受け止めてくれよ……？　君が誘導したんだからな」

言うや否や首筋に鼻先を埋められる。彼の唇は鎖骨《さこつ》から胸元へ下がっていき、薄手のブラウスの上から歯を立てた。

その後も自分のものではないような色っぽい声が零れ落ちていく。

身体を重ねて、現実だと確かめるべく彼にきつく抱きついた。

「千夏。好きだ」

耳元で聞こえた吐息交じりの告白は、胸の奥を甘く締めつける。

もうまともに話せない状態だった私は、溢れる想いをどうにか彼へ伝えたくて、言葉の代わりにキスをした。

広々としたベッドの上で、彼は丁寧に私の髪を梳《す》く。

心地いい感触と心が満たされているのとで、うっかりすると瞼を閉じてしまいそう。

「今さらだとは思うけど」

私が「はい」と返すと、由也先輩は指を動かしながら言いづらそうに続ける。

「兄と同じ顔をしてても、兄のほうが昔から人に好かれる。だから、千夏には極力会わせたくないと思ってたのもあって……兄の話はしなかった」

私は目を瞬かせ、彼を見上げる。前髪が無造作《むぞうさ》に下りた顔を見たら、ふと出会った頃を思い出した。

「……兄に会って、俺より兄を選ばれたら嫌だった」

ぼそっと口を尖らせる彼に茫然としていたら、突然頭を抱き寄せられる。

「選ぶとか……そんなの」

「わかってる。千夏は俺と兄を比べたりしない。ただ俺に自信がなかっただけ」

旋毛に落ちてきたくぐもった声にドキッとする。

およそ欠点など見当たらない彼が、知らないところでそんなに必死になっていたなんて。

信じられない気持ちでいたら、前髪を掻《か》き上げられて額を露《あら》わにされた。そして、柔らかな唇が触れる。

「この先は君がよそ見する暇ないくらい俺でいっぱいにする。今は自信のないあの頃の俺じゃないから」

そう言って腕を緩め、真剣な眼差しを見せた。

「今の俺がいるのは千夏のおかげ。本当だよ。また会えて……想いが届いて運命に感謝してる。もう離さない」

私は自分のおかげだとは微塵《みじん》も思ってはいないけど。

それでも彼が私を特別だと感じてくれたことも、朝になるまで離してくれなかったことも、すごくうれしかった。

4. 曖昧な恋心の行方、君との約束

高校三年生、六月初旬。

水曜日は塾や家庭教師の予定が唯一入っていない。だから俺は、毎週水曜日は自宅まで遠回りで下校するのをお決まりのルーティンにしていた。

その日も息抜きを目的に、公園内の散歩道をひとりで歩く。

息抜きと称しつつ、結局癖で勉強をしてしまう。毎回散歩をしつつ、世界共通の英語コミュニケーション能力テスト対策として、英語教材をイヤホンで聴いていた。

それでも、時間に縛られず緑を感じながら歩くのは心地いい。

木漏れ日の下を歩いていたら、突如目の前でランニング中の女の子が座り込んだ。

周りには誰もいない。頭で考えるよりも先に身体が動いた。

「おい、大丈夫か？」

内科医の母から教えられた知識を活《い》かし、具合の悪くなった彼女をどうにか介抱した。それが千夏との出会いだった。

そのときは彼女に対してまだ特別な感情などなく、あっさりと別れた。

すっかり彼女のことなど忘れて過ごした一週間後の水曜日。再び彼女は俺の前に現れた。なにかと思えば、前に助けてもらったお礼だと言って、縦長の袋を差し出してきたのだ。

俺は声をかけられただけでなく、わざわざお礼まで用意していたことに驚いた。お小遣いを使ったばかりであまり残っていなくて……と申し訳なさげに渡してきたのは、一般的なシャープペンシルと消しゴムだった。

俺は久々に大笑いをした。実直な彼女に心が癒された。

以降、俺は彼女と明確な約束を交わしたわけでもないのに、毎週欠かさず公園へ通った。以前から水曜日には公園内を散策しているのだから、行動はなんら変わらない。けれど自分の中で公園へ行く目的が、散歩から千夏に会うためと変化しているのは明らかだった。

そよぐ風と靡く木々の葉と、野球チームの練習の音。それらを感じながら千夏と並んでベンチに座り、なにげない会話を交わす時間が好きだった。

当時の俺は進路に悩んでいて、彼女と過ごすことが気分転換になっていた。

千夏は三つ年下の中学三年生。大人になれば大きな差ではないが、学生時代の三学年差――しかも中学生と高校生となると、住む世界が違って感じるものだ。

しかし、千夏は芯があるからか、話していて年齢差のギャップを感じなかった。

ずっと続けているソフトボールも、手の故障で大きなチャンスを逃したのに、凛とした前を向く彼女は十五歳と思えないほど美しかった。

怪我をきっかけに見つけた将来の夢や、手の怪我を完治《かんち》させて最後の大会に向けて自主トレーニングを積んでいること。

それらを嬉々として話す彼女のくるくる変わる表情に引き込まれた。

彼女は自分の話をしてばかりに思えて、実はそうでもない。

あるとき、ぽつりと尋ねられた。

「あの……由也先輩ってもしかして、お医者さんになりたくないんじゃ……」

彼女なりに俺の心情を察知していたんだろう。でも、無理に聞き出すような真似《まね》はせず、自然な流れで無理なくこちらの心に触れてくるところが彼女らしかった。

俺は彼女のそういうところがすごいと思うし、彼女がなりたいと言った作業療法士に向いていると感じたのもそれが理由だ。

「迷ってるんだ。ずっと」

年下ではあるけれど人として尊敬できる彼女だから、これまで吐露《とろ》したことのない本音を吐き出せた。

俺には双子の兄・朋也《ともなり》がいる。

朋也は俺と違って出生時から心臓が弱く、激しい運動などの制限をされていた。物心《ものごころ》ついた頃から、双子なのに朋也ばかり我慢を強《し》いられていて胸が痛かった。

そんな俺たちが生まれた家は、曾祖父《そうそふ》の代からの医師家系。父は院長で祖父は理事長という環境だ。どちらかが跡取りとなるのは周知のことだった。

順序で言えば、長男である朋也が次期院長の椅子に就く。しかし、遊馬では代々院長となるのは外科医なのもあり、次に院長になる人物も外科医というのが暗黙の了解になっていた。

外科医は知識や技術だけでなく体力も必要だ。通常業務のほか、オンコールで呼び出されては対応を求められ、なかなか身体が休まらない。そのうえ、神経を使う立ちっぱなしの手術は心身ともに疲弊する。

総合して、身体の弱い朋也には厳しい条件。そうなれば、自動的に期待を寄せられるのは俺だった。

外科医である父のことは尊敬していた。人を救うのに尽力《じんりょく》する姿は子どもながらに胸に響いたし、父は自分の息子である朋也の執刀をも担当し、無事に成功させた強靭《きょうじん》な精神力を持っていたから。

それは助けられた朋也も同様で、小学生の頃にはふたりでしょっちゅう外科医になる話をしたものだった。だが大きくなるにつれ、朋也には厳しい現実だというのがわかり、兄の気持ちを推し量《お はか》っては自分の感情に蓋をする。そうして、朋也とも微妙な距離を取ったまま、後にも先にも進めずにいた。

子どもみたいに『遊馬』の名を避け、他人にまで呼ばせないようにしていたほど。

そんな頑《かたく》なな俺に、千夏は明るく笑って言ったのだ。

「よかった。第一声が〝迷ってる〟って言葉なのは、きっと本心から嫌ではないってことですよね？」

俺の雰囲気は重かったと自覚してる。それにもかかわらず、彼女は委縮《い しゅく》もせずに本心からうれしそうに顔を綻《ほころ》ばせた。日頃から何事にもあまり動じない俺も、さすがに驚いた。取《と》り繕《つくろ》っていない彼女の弾ける笑顔とまっすぐな言葉は、俺にとっての道しるべになった。

ひとりでずっと悩んでいた。自分ですら自分の気持ちがわからず、見失っていた。

しかし、彼女が「由也先輩ってお医者さんに向いてる気がする」と笑った瞬間、嘘のように迷いが消えた。

「佐々さんと話してると、こう……ヒットを打った瞬間に立ち会ってるみたい」

「ええ？　なんですか、それ。どういう意味？」

「ものすごく緊張している場面で、守備の間を綺麗に抜いてヒットを打ったときに感じる爽快感に似てるってこと」

清々しい気持ちで答えるも、彼女はいまいちピンと来ない様子で「はあ……」と不思議そうな相槌を返すだけだった。

「本当に向いてると思う？」

ぽつりと尋ねると、彼女は目を丸くした後、パッと笑顔の花を咲かせた。

「はい。患者第一号の私はそう思います。冷静で安心感ありましたから」

まっすぐな彼女の前では素直な自分になれる。

俺はあの瞬間、心の中の靄《もや》が晴れて、俯くのをやめられたのだ。

「――うん。俺、決めたよ。外科医を目指す」

彼女は俺の宣言を受け、右手でガッツポーズをして見せた。

「はい。応援します。そして私も頑張ります」

互いに将来の夢を伝え合っただけ。だけど、この日の彼女と交わした言葉は俺にとっては約束みたいなものになった。

それは以後、俺を支える記憶となり、約十年後に晴れて一人前の心臓血管外科医になった。

＊　＊　＊

彼女と想いが通じ合ってから二日後。俺たちは千夏の勤務後に落ち合って、ダイニングカフェにやってきていた。

木造のドーム型をした建物で、中は開放的な丸い空間。今の季節は稼働《かどう》していないが、クラシックなデザインの薪《まき》ストーブが設置されている。その煙突に添って視線を滑らせていけば、丸い天窓がある。天気のいい夜には星空を望めそうだ。

俺たちは天窓に近い二階席に着き、昔話をしながらオーダーした料理を待っていた。

「そういうことだったんですね」

長年の月日を経て、ようやく自分の口からこれまでの事情を千夏に伝えると、そう零していた。

毎週小泉先生のもとに来ていたが、今日をもって定期的に訪れるのは終了となる。現段階では、今後千夏のいる福島へ来る予定はない。となると、彼女とはどうやっても頻繁《ひんぱん》には会えそうになかった。

共有できる時間は限られている。彼女との時間は一秒でも惜しい。

そういった心境から、ずっと伝えたかったのもあり率先して話をした。

「あの翌週だったな。君があの公園から忽然《こつぜん》と姿を消したのは」

目を伏せて苦笑すると、千夏は肩を窄めた。

「すみません……。だけど、どうしても会いに行ける状態じゃなくて」

「わかってる。責めてるわけじゃない。俺だってもしあの頃、君がほかの男と親しげに歩いていたら避けてしまったかもしれない」

一笑《いっしょう》してから彼女をジッと見つめる。そして左手で頬杖をつき、僅かに顔を傾けると口角を上げて言った。

「今なら、正面から向かって奪いにいくけど」

余裕綽綽《よゆうしゃくしゃく》の俺を見て、千夏の顔は見る見るうちに赤くなる。面映ゆそうに唇に小さな手を添え、ぼそぼそと返す。

「あ……ええと、なんだか……照れます」

相変わらず純粋で可愛くて仕方ない。

今抱いている感情は、昔抱いていたものと似ていると認識していたけれど……。

「あのときは……意識的に恋愛感情について考えないようにしていた。やっぱり高校生の俺が中学生相手に……ってところにも理性が働いてたのもある」

大人になった現在、自分でも驚くほど饒舌《じょうぜつ》に過去の気持ちを説明できる。

宣言通り外科医になった自信がそうさせているのだろうか。……いや。彼女に振り向いてもらえて余裕ができたのかもしれない。

「お互い受験の年だったし。君の勉強の邪魔もしたくもないし、なにより将来の話を打ち明けて応援してくれた君の期待を裏切りたくなかった」

「ふふ……。本当、硬派でしたね」

「まあ軟派ではなかったとは思ってるよ」

笑い合っていたところに、注文していた料理が運ばれてきた。俺たちの前に、まだ湯気《ゆげ》が立ち上《のぼ》る出来立てのパスタが置かれた。

「今日もまともに昼をとれなかったから、この匂いめちゃくちゃ食欲そそられるな」

中央に置かれたカトラリーケースからフォークとスプーンを取って千夏へ渡す。千夏は軽く頭を下げて受け取ると、苦笑交じりに言った。

「やっぱり忙しいんですね。ここのパスタ美味しいんですよ。でも、由也先輩だったらこういったこぢんまりしたお店は落ち着かないですか？　個室でもないし……」

「いや。学生時代や留学中は、しょっちゅうこういうアットホームな雰囲気のレストランやカフェを利用してた」

「へえ。もう由也先輩は立派な外科医なのに、私に合わせてしまった感じがしてて」

「高校生から外科医には成長したけど、中身は変わらない。重要なのは場所じゃなく、千夏といられることだから。それに千夏が好きな店なら興味ある。これからも遠慮しないで、今の千夏のことを教えて」

我ながら歯の浮くようなセリフを言えば、たちまち頬を朱《しゅ》に染める千夏が愛しい。

俺は柄《がら》にもなく、彼女との食事に浮き立って、少し緊張気味にパスタを頬張った。千夏が勧《すす》めるのも頷ける奥深い味わいで、空腹だったのもあり、すぐに食べ終えた。

その後、デザートのプディングを前にして、彼女がぽつりとつぶやく。

「あの。この間のお見合い……ちゃんと断りました。もう気にしてないかもしれませんが、一応報告を」

手元を見つめたまま動かない彼女を凝視する。

気にしていないだなんてとんでもない。実はあれからものすごく気になっていた。だが、お見合いの件を知った日、思わず強引になってしまった負い目もあり、俺からはその話題に触れられなかった。

俺は「そう」とひとこと返し、心から安堵してコーヒーを口に含む。

「はい。まあちょっと……説得するのに骨が折れましたけど」

「そもそも、どうして見合いなんて」

千夏は俺の質問に再び気まずそうな表情を浮かべる。

「私、先週の誕生日で二十代最後になったから。三十歳目前になって、父は心配になったみたいです。でも元々私も寝耳に水でしたし……由也先輩？」

「誕生日っていつ？」

「え……六月十七日です」

「十七……あの日か……」

俺は愕然とし、腕を組んで低い声を漏らした。

六月十七日と言えば千夏に冷たくあしらわれ、無理やり唇を奪った挙句《あげく》、結婚するなら俺と……なんて言って強引に迫った日だ。

彼女の誕生日を知らなかったとはいえ、雨に濡らしただけでなく、嫉妬と焦りで一方的に感情をぶつけてしまった。きっと彼女は怖かっただろうし、最悪な気分で誕生日を終えたに違いない。

「せっかくの誕生日、台無しにして悪かった」

迷わず頭を下げて謝ると、彼女は慌ててふためく。

「そ、そんな」

「仕切り直しさせてくれないか」

「えっ……？」

顔を上げ、顔に困惑の色を浮かべる千夏へ切実にお願いする。

「千夏の誕生日、改めて祝わせて」

自分の誕生日はもちろん、記念日などに特別思い入れはないタイプだ。それは今も変わらない。が、千夏相手だと『まあいいか』と流すことができなかった。

マイナスな記憶で終わらせられない。来年もその先も一緒にいて彼女の誕生日を迎えるたびに思い出すのが、気まずい出来事というのは避けたい。なによりも大切な彼女を祝いたいと思った。

そういった考えがあって言い出したとはいえ、誕生日にこだわるなんて少し子ども染みているだろうか。

ふいに不安が過ったとき、千夏がふわりと笑った。

「はい。うれしいです」

彼女の言動ひとつで気持ちが高揚《こうよう》する。これまで数えきれないほど手術を繰り返し、動じない精神を培《つちか》ってきたのにもかかわらず、だ。

俺は頬を緩ませてデザートを口に運ぶ千夏をこっそり見つめ、胸にじわりと温かなものが広がるのを感じた。

俺が留学を決めたのは短期間で経験値を上げるためだった。

心臓血管外科は大きな手術が多く、件数が少ない。しかし、ひとりでも多くの命を救いたいのなら、たくさんの症例を経験すべきだと俺は考えた。そして、一日でも早く『一人前』と呼ばれる医師になりたかった。

彼女との約束を果たすために。

医局にいた俺は、千夏からのメッセージに目を落としていた。

《お疲れ様です。ますます暑さが厳しくなってますね。東京のほうが暑く感じますし、体調管理にはくれぐれも気をつけて。じゃあ、土曜の夕方にそちらへ行きますね》

福島で彼女と会ってから数日。

多忙を極めるあまり電話する時間もままならず、千夏との連絡はほぼメッセージ。

それでも、ひと月前までは完全に疎遠《そえん》だったことを考えると、現状は決して悲観的なものではない。なによりメッセージだけで繋がっているわけではなく、想いも通じ合っている。会えなくても声が聞けなくても、恋人同士という事実に充足感を抱く。

《土曜は駅まで迎えに行くから。それまで千夏も身体に気をつけて》

土曜の夜は、千夏の誕生祝いをする予定だ。仕事柄、極力遠出を控えなければならない俺に気遣って、彼女が東京まで来ると言ってくれた。

「よう。由也」

医局を出て病棟へ向かう途中、背後から声をかけられた。振り返ると白衣を纏った朋也がいる。

朋也は病理医だ。病理医とは、基本的に直接患者と接するのではなく、摂取した細《さい》胞《ぼう》などから病気の診断をしたりする専門家。手術中なども病理医が診断を下して医師をフォローしたりするので、縁の下の力持ち的な役割を持つといっていい。

広い範囲の知識をつけなければならない病理医は、根っから好奇心旺盛《おうせい》な朋也にぴったりなポジションだと思う。

「朋也。なにか用か?」

普段、朋也が過ごす病理検査室は、俺のいる外科とは違うフロアだ。

朋也は俺の横に移動してきて耳打ちする。

「実は今度彼女を両親に紹介したいんだけど、由也にもいてほしいんだ。都合いい日教えてほしいなと思って」

ここ最近はフリーだったはずの朋也の口から〝彼女〟と聞いて、一瞬首を捻《ひね》った。

俺はまず先に千夏との約束を守るべく即答する。

「今週末は予定がある。それ以降は今はわからない。医局に戻ってからじゃないと」

すると、朋也もまた不思議そうな顔をした。

「予定？　仕事じゃなく予定っていうのはめずらしいな」

朋也は、俺が優先するものは勉強や仕事だとわかっている。親しい友人もみんな海外や地方で活動しているのも知っているせいか、仕事以外の理由で即座《そくざ》に断る俺に違和感を抱いたらしい。

「別にいいだろう」

「そりゃ、まあ……。でもやっぱちょっと気になるな」

しげしげと見てくる朋也を前にしていたら、ふと恨《うら》み節《ぶし》が出そうになった。

こいつは俺と違って、今も昔もところ構わず女性と仲睦まじく過ごしても平気な男だ。朋也のせいで千夏は勘違いをして、十四年前と……さらには再会した後もすれ違うところだった。いや、俺が朋也の存在を話さなかったのが原因か……。

でもやっぱりへらへらした朋也の顔を見れば、正直腹立たしくもなる。

「え。なに？　なんか怒ってる？」

眉を顰《ひそ》めて返す朋也を置いて、俺は廊下を歩き始めた。すると朋也はついてくる。

「別に。ていうか、家族に紹介する相手って言ってるけどまだ付き合い浅いんじゃないの？　大丈夫なのかよ」

淡々と指摘すると、朋也は俺の隣に並んで照れくさそうに答える。

「あ〜いや……高校のときの元カノでさ。偶然再会してまた会うようになったら、やっぱり居心地がよくてね。だからお互い人となりはよく知る仲なんだよ」

「……そういうことか。わかった。スケジュールを確認してからいくつか候補日を知らせる。少し待ってくれ」

「サンキュー。よろしくな」

ナースステーションの手前で足を止め、朋也は顔を綻ばせて踵を返していった。

俺がひとつ息を吐いて朋也から視線を外しかけたとき、朋也は再び振り返った。

つい数秒前とは打って変わり、心苦しげな表情をしていて何事かと驚く。

「なんか……いつもごめん。由也にばっかり大変な思いさせて」

朋也が言わんとしていることは伝わってる。

朋也は朋也なりに、自分の身体のことでこれまでずっと苦しんできた。それは、自分の身体がつらいというよりも、周りへ与える影響に肩身の狭い思いを抱えてきたと知っている。

俺に対しては、父や祖父の跡を継ぐ重責《じゅうせき》を背負わせてしまった罪悪感を持ち続けているのだろう。しかし、俺は一度も朋也を恨んだりはしていない。

「なんのことだ？　俺は別に大変だと思ってない。今も昔も」

朋也は一瞬目を大きくして、唇を引き結ぶ。それから、いつもの明るく人懐こい笑顔を浮かべた。

「さっき由也が言ってた先約の相手。そのうち俺にも紹介してよ？」

双子の性《さが》か、朋也の勘のよさに舌を巻く。

「……そのうちな」

ぼそっと答えると朋也は満足そうに口元を弓なりに上げ、今度こそ去っていった。

朋也の後ろ姿が遠くなっていくのを見届けた直後、ネックストラップを通した院内PHSが白衣の胸ポケットで振動した。発信主を確認し、PHSを耳に当てる。

「祖父《じい》さ……理事長。なにか？」

『縁談の話だ』

電話の相手は俺の祖父。愛想も素っ気もない第一声は相変わらず。

俺は取り繕いもせず、あからさまに不機嫌な態度で返す。

「またですか？　その気はないと前にも言ったはずですが。それと、そういった話で院内ＰＨＳに電話をするのはやめてください。仕事に支障が出ます」

『お前はこっちじゃなきゃ滅多に電話に出ないからな。話はすぐに終わる。堂島《どうじま》総合病院の堂本《どうもと》理事長の孫娘だ。あちらも外科医だし、うまくやっていけるだろう』

「ですから……」

『日時は今週の日曜。詳細は追って知らせる。お前の仕事の入っていない日を選んだから断る理由はないはずだ。オンコールもその日は別のドクターに頼め。以上』

一方的に用件だけを言い、こちらの言葉も聞かないうちに通話を切られる。《通話終了》の文字を瞳に映し、深いため息を吐いた。

昔気質《かたぎ》の祖父が、次期院長最有力候補である俺の伴侶《はんりょ》には、なにかしら利益のある相手をと考えているのが見え見えだ。もちろん、前々から結婚自体気が乗らなかったし、そういうのは一切考えていないと即答していた。それが今回仇《あだ》となったのか、強引に見合いの席を設けてしまったか……。

さっき朋也が『ごめん』と謝ったもうひとつの理由はこれだ。

朋也の身体が丈夫であいつが外科医になっていたら、祖父からの執拗《しつよう》な縁談話は朋也にいっていただろう。

そもそも俺に対し、病院を継ぐという大きな負担を強いてしまったと負い目を感じている。朋也は祖父のせいでさらに後ろめたさを抱いているわけだ。

外科医を目指したのは自分の意志。祖父がなにを言おうが結婚相手については頑《がん》として拒否する気持ちでいるのだから、朋也が気にする必要はない。

優しい性格の朋也だったら、下手をすれば祖父の猛攻撃に折れてしまっていたかもしれない。そう考えたら、標的が自分でよかったとさえ感じる。

電話で祖父が言っていた堂島総合病院とは、ここ遊馬記念病院と並ぶ大病院だ。数年前に経営難に陥りそうな月島《つきしま》総合病院に統合を持ちかけ、経営実権を堂本側が握ったのは記憶に新しい。

もとより月島も外科診療に力を注いでいたが、そこに堂本の敏腕外科医が加わってますます発展し近年注目されている。そういった病院と繋がりを持てるのは当然大きなメリットになる。

「……面倒だな」

襟足を掻いて、無意識に苛立ちを含んだ声を漏らしていた。

俯いてひとつ息を吐いたのち気持ちを切り替え、俺はまた足を踏み出した。

5．願い事は、ひとつだけ

土曜日。今日は半日シフトの日。私の仕事は、入院患者の外泊などの関係で、時折半日シフトのときがある。

由也先輩との待ち合わせは、私が東京駅に到着する予定の三時過ぎ。

職場から帰宅し、荷物を持って最後にテーブルに置いておいた交通系ＩＣカードに手を伸ばす。それは先週、彼と食事をした日に預けられたもの。

由也先輩は自身の都合で私に東京まで来てもらうことが今後も続くと思うからと、申し訳なさげに謝ってＩＣカードを渡してきた。どうやら彼がこれまで福島へ来ていたときに使っていたものらしい。

つまり、今後私が利用する福島東京間の新幹線のチケットは、ネット上から由也先輩が手配するということ……。

福島と東京間では往復で約一万五千円はする。正直、回数が増えれば交通費の負担は大きい。彼はその辺りを先回りしてＩＣカードをくれたのだ。

もちろん私も初めは遠慮したのだけれど、彼の強い意思に折れてしまった。

東京で待ち合わせるのは再会後初めて。新幹線の中でもずっとそわそわしっ放しで、緊張していた。

東京駅の改札前には、すでに由也先輩が待ってくれていた。

「千夏」

「あ、えっと……こんにちは」

照れくさくて妙によそよそしい態度を取ってしまう。

由也先輩はそんな私の反応を笑って、さりげなく私の荷物に手をかけた。

「あ、持てますから大丈……夫」

言っている最中に、バッグをひょいと取られてしまう。

「荷物少ないね？」

「えっ。そ、そうですか？」

実は数日前、由也先輩から『千夏さえよければ土曜は泊まる準備をしておいで』と言われていた。もしかすると由也先輩の家にお泊まり……？　と戸惑いながらも私は『はい』と答えた。その後に、ひとりで赤面しながらバッグに着替えを詰めていた気持ちが今また思い返される。

「す、すみません。ありがとうございます」

結局荷物を持ってくれている彼に頭を下げると、空いたばかりの左手を繋がれた。急に触れられた動揺とときめきとが入り混じって、まともに彼の顔を見られない。気持ちが落ち着かなくて視線を彷徨《さまよ》わせていたら、駅構内の柱に貼られていたポスターに目が留まる。そこには綺麗な星空と笹の葉と、短冊《たんざく》のイラストが描かれていた。

「七夕《たなばた》祈願祭《きがんさい》？」

私の視線の先を追って由也先輩が文字を読み上げる。

「あ、すごく綺麗な広告でつい見入っちゃって……。もうすぐ七夕ですもんね。大人になるとこういうイベント忘れがちになりますね。懐かしいなあ」

小さい頃は幼稚園や学校で短冊に願い事を書いたり、町内会で開催するイベントに参加したりしていた。

「行ってみる？」

ノスタルジックな気分に浸《ひた》っていたら、予想外の言葉をかけられて目を丸くする。

「えっ、いいんですか？」

「うん。ディナーまでまだ余裕あるし、時間的にもちょうどよさそうだ。童心《どうしん》に帰って願い事も悪くない。数日早いからフライングにはなるけど大目に見てもらおう」

由也先輩の悪戯《いたずら》っぽい笑顔は初めて見る。

感情表現豊かな彼にはまだ免疫《めんえき》がなくて、ドキドキする。

ぎこちなく繋ぐ手も、交わりそうになれば逸らしてしまう視線も、まるで私は十代の頃に戻ったみたいで、ふわふわした感覚で由也先輩の隣を歩いていた。

荷物はコインロッカーに預け、地下鉄を乗り継いで目的の神宮《じんぐう》に到着する。

イベント期間中の土曜日というのもあり、人で混雑していた。それでも夜よりはまだ比較的空《す》いているのかもしれない。

境内《けいだい》にいる人々を目に映しながらそう考えていると、急に肩を抱き寄せられる。驚きのあまり声も出せずにいたら、すぐそばを子どもが駆けていった。

「す、すみません。ぼーっとして」

「気をつけて」

真上から声が落ちてくる感覚で、目を向けなくとも顔が間近にあるのがわかる。私の片腕は広い胸に触れているし、彼の体温がシャツ越しに伝わってくる。手を繋いで歩いていたときの比じゃない。これは心臓が持たないよ。

「想像以上に賑《にぎ》わってるな。案外子どもだけじゃなく、大人だけで来てる人も多い」

「た、多分、ここが縁結びで有名な場所だから」

私は俯いたまま、深く考えもせずに答えた後ではっとする。

縁結びなんて単語は、付き合い始めた私たちの状況で言うとやけに気恥ずかしい。

いや、でもそんなふうに思うのは私だけで由也先輩は気にも留めないはず。

私は平静を装って境内の奥を指さした。

「あ、あっちに短冊と台がありますよ」

さりげなく距離を取って、特設されたスペースへ先に向かう。顔は前を向いていても、後方の由也先輩を意識しまくりだ。

自分の気持ちを落ち着かせるために、私はわざと無邪気に振る舞う。

「わあ。もうたくさん短冊が飾られてますね。いろんな色があって綺麗〜」

短冊は赤や黄色などカラフルで、見た目からワクワクする。

最初に目に留まった青の短冊を一枚もらって、ペン立てからフェルトペンを一本取った。いざ願い事を書こうとしたものの、ペンが動かない。

「うーん、どうしよう」

すっかりさっきまでの照れくささを忘れ、真剣に短冊と睨《にら》めっこ。十数秒考え込んでようやく願い事が定まり、スラスラとペンを走らせた。私が書き終えるや否や、隣で見ていた由也先輩が苦笑する。

「随分堅苦しい願い事だな」

結局私は〝みんな無事息災《そくさい》でありますように〟と綴っていた。

「だって。短冊一枚につき願い事はひとつなのかなって思って。そうしたら、こういう大雑把《おおざっぱ》な願いになっちゃって……」

「はは、本当真面目」

由也先輩が笑い続けるものだから、堪らず口を尖らせる。

「もう。いいじゃないですか。由也先輩は書かないんですか？」

「俺はいい。仕事上抱えてる気持ちは千夏が書いてくれたし、個人的な願いは叶ったから」

「えっ？」

由也先輩は私の手から短冊をスッと抜き取り、すぐ近くの笹の葉へ足を向ける。

「高い位置に結んだほうが願いが叶いやすいんだっけ」

振り返りざまに質問を投げかけられるも、私はさっきの彼の発言が耳に残っていてそれどころではなかった。

「こ、個人的な願いって……？」

まさかとブレーキをかけるも、やっぱり心の隅では期待している。というのも私自身、願い事を考えたときに由也先輩が一番に頭に浮かんだから。

初恋が実った今、これ以上自分の願い事を探してまで書くなんて欲張りすぎじゃないかって。

自惚れた方向へ意識がいってしまって頬が火照り出し、手で隠す。すると、意外なことに彼も薄っすら耳を赤くして言った。

「おい。そんなに過剰に反応されると、こっちまで照れるだろ」

「だっ、だったら初めから言わないでください！」

「聞き流すと思ったのに、そっちが掘り下げるから」

夏の風にそよぐ笹の葉と短冊の下で、私たちはそれぞれ視線を外して黙り込んだ。

私はリズミカルに跳ねる心臓の辺りを手で押さえ、おもむろに口を開く。

「……聞き流すなんてできるわけないでしょ？　私、昔も再会した今も由也先輩といるときは余裕がないんですから」

本当は今でも夢じゃないかって思う。自分の人生にこんなにドラマティックな恋があるだなんて、想像もできなかったから。

「もう……ホント私、中学生みたい。恥ずかしい」

から笑いするしかない。恋愛に全然慣れてないのがダダ漏れだ。……うん、でも仮に慣れていたって、相手が彼なら私は多分中学生の頃に戻って同じ反応を見せてたと思う。

私が黙ると、束の間賑わう人々の声だけが耳に入る。そろりと彼の顔を窺った瞬間、頭に手を乗せられた。

「俺だって同じだ。余裕なんかない」

そっぽを向いた状態でつぶやく由也先輩を見上げ、目を瞬かせる。

「ふふっ。一緒だ」

今私が感じていることも、願い事も。

小さな喜びを噛みしめていると、彼は片手で口元を覆って、ぼそりと漏らす。

「はあ。千夏といると冷静さを保つのがこんなに難しいとは……」

「遊馬先生は普段冷静沈着ですから、すぐに慣れるんじゃないですか？　……なんて」

少し肩の力が抜けてなにげなく返したら、由也先輩は急に見つめてくる。上半身を屈《かが》め、目の前まで顔を近づけた彼がささやいた。

「じゃあ早く慣れるために千夏の時間を独占させてもらおうかな」

「なっ……」

つい今しがたまで同じ立場で話していたはずが、一変して大人の色気を出してくるんだから敵《かな》わない。

「これ、飾ってくるよ」

私が口をパクパクさせている間に、彼は長身を活かして短冊を高い位置に括りつける。紐を結い終えた彼はこちらに戻ってきて、手を繋がれた。

改めて気づく。私は女性としては大きめな手なのに、由也先輩の手は私の手をしっかりと包み込めるほど大きい。脈が速くなるのを感じていると、彼が社殿《しゃでん》を見て言う。

「縁結びの神様がいるなら祈っておく？」

「あ、そもそも恋人同士のふたりが縁結びの神社に来てもいいものなんでしょうか」

「一般論は知らないけど、ここは大丈夫なんじゃない？　ほら」

指し示したのは小さな立て看板。いくつかのお守りの種類が書かれていて、社務所《しゃむしょ》の方向を矢印で示していた。その中に『ペア縁結びお守り』の文字がある。

「本当だ。ペア……」

私は元々験《げん》を担《かつ》ぐタイプで、お守りなどもつい手に取りがちだ。今も、『いいな』って思ったのだけど、ペアとなると私の意思だけじゃ……。

ひとりで考え込んでいたらクスッと笑われ、彼を見上げる。

「お守りも受けて行こう。この縁がより揺るがなくなるように」

優しく微笑む彼にきゅうっと胸が締めつけられた。

その後、私は縁結びの神様へ切に願う。

彼とずっといられますように、と。


陽がかろうじて沈む前、私は由也先輩に連れられて日本橋《にほんばし》にあるホテルにいた。

そこは日本だけでなく、海外の格付け機関からも高評価を受けたと有名な世界屈指《くっし》のラグジュアリーホテル。

街中に溢れる高層ビルの中でもひと際目立ってそびえ立つ、大きなガラス張りの外観に圧倒される。彼の後をおずおずついていった先はレストランではなく、最上階のコーナースイートルーム。

もしかして、今日はこのホテルに泊まる予定なの……？

予想外の流れに戸惑いながら、由也先輩に笑顔を向けられて部屋に足を踏み入れた。

瞬間、非日常的な風景に目を見開いた。

百平米はある悠々《ゆうゆう》とした空間は、天井までのテレビボードでざっくりリビングとベッドルームに仕切られている。室内は灯りが少しトーンダウンされていて、落ち着いた大人っぽい雰囲気だった。

非現実的な素敵な空間に感嘆して思わず息を漏らす。ゆっくり歩みを進めていくと、東京の街が一望《いちぼう》できるパノラマの窓がまた圧巻《あっかん》だった。

コーナースイートルームってこういう部屋なんだ。景色が約九十度まで広がっていて解放感と迫力を感じられる。

吸い込まれるように窓側へつま先が向いた。

「信じられない！　遠目に富士山も見えて、贅沢《ぜいたく》な景色をひとり占めしてる気分です」

暮れゆく東京の街並みと日本の象徴である富士山を眺め、恍惚とする。

「気に入った？」

「気に入ったっていうか、なんかもうすごすぎて……感動すら覚えます。でも、この部屋って……」

「プライベートダイニングサービスを予約したんだ。気兼ねせず食事できるだろう？」

「プライベートダイニング？」

きょとんとして聞き返すと、彼は一笑した。

「客室で食事ができるサービスだよ。このホテルは客室からの眺めが評判らしいから、千夏も喜んでくれるかなと思って」

窓の横のテーブルを見れば、上品なブルーのテーブルランナーに、カトラリーが二セットずつ並んでいる。最高級の眺望だけでなく、この後ハイクオリティな料理が運ばれてくるのだろうと想像できた。

「もちろんうれしいです。でもこんなに素晴らしい場所で……少し恐縮しちゃう」

場違いな気がして肩を窄めると、そっと頬に手を添えられる。

「今日は千夏の誕生日祝いなんだから、余計なことは考えずに素直に楽しめばいい」

柔和な面持ちの彼を見つめ、胸が高鳴る。彼がこんなにもわかりやすく愛情を向けてくれる人だとは思わなくて、まだこのくすぐったさに慣れない。

「ありがとうございます」

昔はお互いまだ学生で知り合って間もなかったから、大人になった彼の魅力に翻弄される。このシチュエーションや彼のひとつひとつの言動を意識してしまって、顔もまともに見られない。

そのとき、ベルの音が鳴った。由也先輩が応答してドアを開けると、ホテルのスタッフが恭《うやうや》しく頭を下げる。

「失礼いたします。このたびは当ホテルをご利用いただきましてありがとうございます。お食事ですが、七時からと伺《うかが》っております。予定通りご用意させていただいてもよろしいでしょうか？」

「はい。よろしくお願いします」

スタッフは「かしこまりました」と上品な笑顔を残し、一度部屋を離れていった。


それからは夢かうつつか……極上のひとときだった。

芸術作品のような料理が次々と運ばれてきて、どれも繊細で日常では味わえないほどの美味しさだった。

食材も、フォアグラやロブスター、メインのサーロインのグリルにはトリュフのスライスまで添えられていて感動しきり。でも、私は以前由也先輩の前で思わず飽に歓喜してしまった失敗を思い出し、なるべく上品に喜びを表すよう心がけた。

すると、由也先輩はそんな私の心の中をすべてお見通しだったのか、料理を前にした私を見てクスクスと笑っていた。

デザートには旬《しゅん》のいちじくとあんずのコンポート。シナモンとバニラアイスが添えられている。赤ワイン入りシロップで煮詰めて作ったらしく、大人の味わいで私は舌《した》鼓《つづみ》を打った。

幸せな気持ちでスプーンを置いたとき、ノックの音がした。由也先輩の返事の直後、ドアを開けて入ってきたスタッフが手にしていたものを見て驚愕する。

「えっ……なに……？」

スタッフが「おめでとうございます」とテーブルに置いたのは、ホールのバースデーケーキ。たまにダイニングバーなどでも見る、お祝い用の花火が立てられていて、パチパチと火花を放っている。

予期せぬサプライズに驚きが勝って固まってしまった。

颯爽《さっそう》とスタッフが去っていった後も、私は目の前のバースデーケーキに見入っていた。花火が終わってしまってから徐々にうれしさが込み上げてきて、ぽつりと零す。

「もう……本当びっくり……花火とか」

「ろうそくより花火のほうが特別感あるかなって思って」

「そこまで考えてくれたんですか？　こんなに幸せな誕生日……ないなあ」

涙交じりに笑顔で言って、私たちはバースデーケーキも平らげた。

すっかりお腹が満たされた私はその後窓際に立ち、改めて眼下に広がる煌《きら》びやかな光を瞳に映し出してつぶやく。

「なんだかまだ夢の中にいるみたい」

最高級のホテルで夜景を眺めながら美味しい料理を食べ、誕生日を祝われる。しかも一緒に過ごしているのは初恋の相手。あまりに幸福だ。

窓にそっと手を置きぼんやりしていたら、ふいに後ろから抱き留められる。

「俺もときどきそう思うよ」

私は目を丸くして、暗い窓ガラス越しに映る由也先輩を見た。けれど、彼は回している腕に力を込め、私の旋毛に鼻先を埋めたから表情はわからなかった。それでも、彼の体温と静かな息遣いは伝わってくる。

「千夏に会えたこと……気持ちが通じたことが、寝て起きた瞬間、夢だったかって焦るときがある。そのたびスマホを見て君からのメッセージを確かめるんだ」

甘やかな声音でささやく窓ガラスの中の彼を、信じられない気持ちで見つめた。

「まだ慣れない」

由也先輩が苦笑してさらに零すから、私も小さく笑った。そして、胸元で交差するしなやかな腕にそろりと指先を伸ばす。

「私もです」

瞼を閉じると、より彼を感じられる気がして心が安らぐ。

幸せを噛みしめていたら、おもむろに彼の腕が緩んでいく。静かに視界を広げていくと同時に、首元に別の感触がした。

「誕生日おめでとう」

彼がさりげなく私に着けてくれたのは、細いリボンモチーフのイエローゴールドネックレス。驚きのあまり言葉が出て来ない。

由也先輩は少し照れくさそうに言う。

「指輪は仕事柄着けられないかと思ったし。そもそも気が早いって言われ……」

私はくるっと後ろを振り返って、思わず彼に抱きついた。

「本当に……ありがとうございます」

冷静なときなら大胆《だいたん》な行動だ、と控えていたかもしれない。しかし、夢心地な私は気持ちに正直に動いていた。

彼の匂いに包まれながら、軽くポンポンと頭に手を置かれる。

「うん。あともうひとつ」

その言葉に誘われて、顔を上げる。由也先輩はいつの間にかサイドテーブルに用意していたミニブーケを取って、私に差し出す。

視界には明るく元気が出るようなビタミンカラーのブーケ。黄色いバラとフリージアなどの花を、たっぷりのミモザが囲んでいる。

「お花……いつの間に」

今日、駅で会ってからそんな素振りはなかった。っていうことは、事前に用意してくれたの？　忙しいはずなのにわざわざ……？

「この間フラワーショップ通りかかったら、なんかこのふわふわしたやつが千夏っぽくて、いいなと思って」

ふわふわした……というのはミモザのことだ。

なんとなく、私が知る範囲のイメージでは由也先輩は平気で花を買えるタイプじゃない。普段しないことをしてくれたのかもしれないと思うだけで、胸がいっぱいになった。黄色のミニブーケをそっと抱きしめる。

「うれしい……どっちも大切にします」

感慨深い思いで私みたいと言ってくれたミモザを見ていたら、照明を遮られて影ができる。おもむろに顔を上げると彼と一瞬視線がぶつかった。刹那、唇が重なる。

すぐに距離を取った短いキスに、もどかしさを抱く。私が乞《こ》うように上目で彼を見るや否や、熱を帯びた双眼に捕まって再びキスが降ってきた。

「ん……っふ、あっ……んん」

一度目のキスとは打って変わり、情熱的で官能的《かんのうてき》な口づけに思考が溶かされる。絡み合う舌は甘く、心地よく――これまで味わった経験のない甘美な時間に酔いしれる。

濡れた音を残し、距離が開く。私は頬が上気しているのを感じ、静かに睫毛を上向きにさせていった。彼の精悍《せいかん》な目つきにドキッとしたのも束の間、ひょいと抱え上げられて短い悲鳴を上げてしまった。

そのまま大きなベッドの上に降ろされ、彼は両手で握っていたミニブーケをそっと奪ってベッドサイドテーブルに置いた。

端正《たんせい》な顔立ちの由也先輩を仰ぎ見るだけで、心臓が信じられないほど速く脈打つ。熱い眼差しを向けられたかと思えば、ふっと柔らかな表情で甘い言葉をささやかれた。

「好きだよ」

「んっ」

手首を掴まれて口を塞がれる。

次に耳、首筋、鎖骨と彼の唇が這《は》い、急にぴたりと動きが止まった。

「……由也先輩？」

「これ、千夏の健康的な肌に似合ってる」

「え？　あ……ッ」

彼はさっきくれたネックレスに口づけ、大きな手を服の中へ滑らせてきた。くすぐったいのと恥ずかしいのとで、私は無意識に彼の逞《たくま》しい腕に縋《すが》った。すると、前髪を掻き上げられて額にキスを落とされる。

「嫌？」

「嫌じゃなっ……」

ちょっと寂しげな声で聞かれ、即答しかけたものの口を噤んだ。

間髪容《い》れずに否定すれば、私が彼を求めているってことは明瞭だ。事実だけれど、それってちょっと……恥ずかしい。

再び由也先輩を見ると、こちらの答えを真剣な面持ちで待っている。

自分の羞恥心よりも彼を傷つけるほうが嫌だ。なによりも、もう彼の前では自分の気持ちを偽《いつわ》りたくない。

私は意を決して本心を告げる。

「……したい、です」

ものすごく小さな声で、たどたどしく口にした。

すると、彼は唇にゆっくりと弧を描いていく。コツンと額をぶつけ、はにかみながら言った。

「そういうとこがすごく可愛い」

由也先輩の余裕のない声が、さらに私自身でさえも知らない感情を刺激する。

私は恥も外聞もなく、欲《ほっ》する気持ちのまま彼に手を伸ばした。


部屋と同じ眺望を堪能できる、広々とした大理石のバスルーム。

由也先輩でさえも悠々と足を伸ばせるほどの豪華なバスタブに、私は膝を抱えて浸かっていた。一緒に入浴するのは恥ずかしいと申し出たのに、うまく流されて結局由也先輩と入っているからだ。ミルク系の入浴剤のおかげでかろうじて入れた感じで今に至る。

「広いお風呂《ふろ》……私の住むアパートの倍以上ありそう」

夜景からバスルームの天井へ目線を移動し、ため息交じりにつぶやいた。すると、背後に座っている由也先輩が「ふっ」と笑う。

「まあこういうところは特別感が売りだろうしな」

「確かに。由也先輩のお家は広いですか？」

「うち？　まあ、それなりに……。でも特に面白いものはなにもないと思うけど」

「へえ。興味あります。由也先輩の暮らしがどんななのか」

想像では必要最低限の家具の中、シンプルな生活を送っていそう。

ひとりで考えていると、後ろから抱きしめられる。

「これからいくらでも見られるよ。多分今後も千夏にはこっちまで来てもらわなきゃならないから。君にばかり負担をかけて……悪いと思ってる」

私は背中越しに申し訳なさげに謝る彼を振り返って言う。

「あっ、それなんですけど……もしかして今後も由也先輩が東京までのチケットを手配するつもりだったり？」

会ったら言おうとしていたことをすっかり忘れていた。

「うん。そのつもりだったけど」

「さすがに毎回は申し訳ないなって。しかも今日なんかグリーン車でびっくりしました。お気遣いはうれしいんですけど、恐縮しちゃうので……」

東京へ来るのはなんら問題ないんだけど、そのたび負担をかけるのは避けたい。

「俺がそっちへ行く分のチケットって考えたら同じだから気にしなくていいのに」

「そうもいきません。とはいえ私も全額出しますって言えたらいいんですけど、そこまではできなそうで……。だから、その都度《つど》相談させてもらうのはダメですか？」

現状、私たちは東京と福島で生活している。正直、気軽に会える距離ではない。

これまでは、由也先輩が小泉先生のもとへ来る仕事があったから、毎週のように顔を合わせられていただけ。小泉先生との仕事が一段落した彼が、東京で忙しく過ごすのは想像に難くない。となると、私が東京へ来なければ会えないと考えるのは自然なことだった。

「迷惑をかけたくないんですが、今の私じゃ甘えざるを得ないのが現実で……」

正社員で勤めているとはいっても給料は特段高いわけではないうえ、ひとり暮らしだから出費もそれなりになる。福島から東京への交通費は、最低でも高速バスで片道三千円。さすがに頻繁になれば出費が嵩《かさ》む。

「わかった。俺も千夏の気持ちに負担がかかるのは避けたい」

「……すみません」

私は由也先輩がこちらの気持ちを汲《く》んでくれたにもかかわらず、すっきりとしていなかった。費用云々のほか、単純に彼と会う回数は多くないとわかっているから。

寂しい思いを押し込めていたら、そっと手を重ねられる。

「だけど、遠慮と無理はなしだから。千夏が俺に気を遣って会えなくなるなら、俺がどうにかしてでも会いに行く」

「ダ、ダメですよ。由也先輩は東京にいなきゃ。ドクターはスタッフの精神的な支えです。なにより患者が」

必死で取り繕って言葉を返していると、きつく抱きしめられた。

直に肌が密着する感覚にどぎまぎする。頭の中が真っ白になって、話が途切れた。

落ち着け、と自分に言い聞かせている間に、彼が私の首の付け根辺りに頬を乗せて
ぼそっと零す。

「知ってる。わざと試すようなこと言った」

彼の発言は本気じゃなかったと胸を撫で下ろすのも束の間、彼の感触や息遣いに緊張する。

私とは逆に、由也先輩はリラックスした様子で私に寄りかかったまま続ける。

「俺は外科医を目指したときから、この仕事に真摯に向き合うって決めてる。どうしてもそこは疎《おろそ》かにすることはできない」

真面目な声でそう宣言され、私は無意識に頬が緩んだ。

「はい。尊敬する由也先輩らしいです」

学生時代から彼はまっすぐな人だった。あの頃も、こういう真摯な人柄に惹かれた。

変わらない彼をうれしく思っていると、横から顔を覗き込まれる。

「君のことも同じように思ってる。それをわかっていてほしい」

誠実な言葉に胸を打たれる。

「もちろんです」

私が笑顔で返すと、顎《あご》を掬《すく》われて口づけられた。キスの後、視線を落として小声で伝える。

「あの……ひとつ言ってないことがあるんですが……」

「ん？　なに？」

「この間、お見合いの話は断ったって言いましたよね？　それで、そのときに両親が……特に父が、相手がいるなら家に一度連れてこいって」

付き合って間もないのに、図々《ずうずう》しく重いことを言っているってわかってる。でも父の雰囲気だと、遅かれ早かれ彼に相談せざるを得ない状況になると踏んで思い切った。

「そうか。俺は全然構わないよ。ただ日程はちょっと……。すぐっていうのはもしかすると難しいかもしれないけれど」

「え……」

「ん？」

あまりにあっさり受け入れてくれて、思わず固まった。きょとんと首を傾げる彼に、慌てて口を開く。

「い、いえ。本当、無理のないタイミングでいいので。由也先輩の会ってくださるって気持ちを知れただけでもう」

少しも迷わず即答してくれたことが、こんなにもうれしい。

「千夏さえよければ俺はいつでもそういう心づもりはあるよ。ただつい最近朋也……いや、兄にもスケジュール空けてほしいって言われてて」

「それはもちろん、お兄さんを優先してください！」

言葉尻を遮る勢いで言った後、ふと引っかかる。

「今の……お兄さんのお名前は朋也さんって言うんですね。由也先輩とお揃《そろ》いの名前って感じでなんかいいですね。朋也さんかあ」

初めて得る情報に無邪気に喜んだものの、なんだか由也先輩は浮かない顔をしている。私は眉を顰め、おずおずと呼びかけた。

「由也先輩？」

「その呼び方、嫌いじゃないけど……そろそろ〝先輩〟はいらないかな。呼び捨てでもいい。普通に呼んで」

「えっ。急に？」

「それだとなんとなく『先輩』呼びされる俺より朋也のほうが親しげに感じる」

意外な反応に唖然としてる間にも、彼は私の髪を掬って人差し指に軽く巻きつけながら「ほら」と催促してくる。急かす由也先輩は、どうやら朋也さんへの対抗心が芽生えたみたい。

「え……と、じゃあさすがに呼び捨てはいきなり難しいので……由也さん」

なんだろう。敬称を変えただけなのに、新鮮だしものすごく照れる。

恥ずかしさで顔を上げられずにいたら、後ろで彼が「ふ」と笑った。

「思った以上に胸に来るな。お互い大人になった今を一緒に過ごしているって実感できる」

確かに、彼の言うことは一理《いちり》ある。私も由也さんに名前で呼ばれたときはびっくりしたけど、昔とは違うんだって感じられたから。

「私もすごく動揺しましたよ。いきなり『千夏』って呼ぶから……」

「過去の関係のままいるつもりはなかったんだ」

彼の答えを聞いた途端、胸に熱いものが込み上げてくる。

私は彼の指先を握って、自分の頬へと持っていく。彼の手に自分の手も重ね、温《ぬく》もりを感じて瞼を伏せる。

「今日は素敵な一日をありがとうございました」

私が改めてお礼を伝えると、由也さんは虚を突かれたのか一瞬黙っていた。

彼は少しして、ゆっくり手を解くと唇を寄せてきた。

翌朝はふたりとも早起きだった。

私はわりと普段から規則正しい生活をしているため癖がついていて、由也さんも基本的に日勤が多いせいか、起床時間は身体に染みついているらしい。

モーニングを取り、ホテルをチェックアウトした後は、気ままに街をブラブラとして過ごし、あっという間に帰りの新幹線の時間が迫ってきていた。

東京駅へ向かい、改札口の前で由也さんと向き合う。

「見送りまですみません。仕事とか大丈夫ですか？」

「仕事は呼び出しがない限り大丈夫だから。……ただこの後、予定があって」

由也さんにしてはめずらしく言い淀む。しかし、彼はちゃんと私をまっすぐ見て続きを告げた。

「堂島総合病院の堂本医師と会ってくる」

「堂島って、数年前に『月島』から名前が変わった総合病院ですよね？」

「ああ。経営統合して名称が『堂島』に変わったところ」

淡々と説明する由也さんの様子が、どこか気まずそうな気がする。内心首を傾げていると、ふいに手首を掴まれた。

驚いて彼を見れば、至極真剣な顔つきだったから、私は思わず委縮した。

「迷ってたけどやっぱり伝えておきたい。理事長が……俺の祖父が無理やり縁談話を取りつけた。相手は堂本凛《りん》。堂島総合病院院長の娘でそこの外科医だ」

彼はいつも通り落ち着いた声音の反面、若干早口にも感じられた。

言葉は耳には入っていたものの、理解するまで時間がかかる。

引っかかったワードは『縁談』だ。

「知らされたのがつい最近で急なのもあるから、先方に直接会って今回の話を白紙にしてほしいと頭を下げて来ようと思ってる」

直接会って白紙に……？　それが今日この後の予定？

「大丈夫なんですか？　お祖父様とか……その、由也さんの立場とか」

不安を隠せず、つい神妙な顔で尋ねてしまったと気づく。

だけど、どうしたって不安だ。心臓が嫌な音を立てているのもわかるし、由也さんの顔をまともに見られない。

すると、由也さんがひとこと答える。

「さあ。どうだろう」

「えっ」

「でもそれ以外の選択肢はないから」

焦って視線を上げたタイミングで、彼はきっぱりと言い切った。同時に私の手を取り、きゅっと握る。

「俺が一緒にいたいのは千夏だし、結婚したいと思うのも君だけだ。迷う余地《よち》もない」

さらりと『結婚』と口にされ茫然とする。それから徐々に彼が伝えてくれた本音が心に響き、繋がれている温かい手から安心をもらう。

「ずっと仕事に追われる日々で、誰かと過ごす将来を考えもしなかった。そういう俺しか知らないから祖父もきっと焦って強引になっているんだ。だからちゃんと話すよ」

由也さんは冷静に分析し、こちらをジッと見つめる。

「――俺の相手は決まってるって」

彼の熱い双眼と言葉で不安な気持ちが吹き飛ぶ。

縁談の話を隠さずにきちんと報告してくれた彼への信頼はますます厚くなった。

それにしても……プロポーズにも似たセリフだった。いや、ほぼそうだった気さえする。

私の両親に会ってくれると即答してくれた際にも同じように感じてはいたけれど、彼の口からはっきりと『結婚』という単語を出されて、一気に現実味を帯びる。

私がひとり舞い上がってなにも言えずにいると、着信音が聞こえてきた。音の出どころは由也さんのポケットだ。

由也さんはスマートフォンを出し、ディスプレイを確認するなり眉を顰める。

「誰だ……？」

「登録外からですか？　だけど、まだ鳴ってるし念のため出てみたほうが」

私はすぐさま、彼がずっと持っていてくれた自分の荷物を受け取って応答を促した。彼の仕事柄、緊急を要する連絡の可能性もあるからだ。

由也さんは「ごめん」とひとこと謝り、電話に出た。

「もしもし……はい。遊馬ですが。……え？」

聞き耳を立てようとしたわけではないけれど、聞こえる距離で通話をしているから気になってしまう。

しかも、由也さんの様子が少し変な気がしたのもあったから余計だ。

「それは構いませんが。今ですか？　ええ。駅です」

電話の相手は仕事関係の人なんだろうか。

私は気持ちが落ち着かず、少し離れた場所でそわそわしていた。そのとき。

「遊馬先生？」

後方から聞きやすい透《す》き通った声がして、思わず振り返った。改札を隔《へだ》てた向こう側に、すらりとしたスタイルのいい女性がスマートフォンを耳に当ててこちらを凝視している。

「堂本先生……驚きました。こんなところでお会いするとは」

堂本……？　えっ。さっき話してた堂島総合病院の？　まさか鉢合わせ!?

思いもよらない人が現れ、私は目を剥《む》いて固まった。

彼女はスマートフォンをレザーのトートバッグにしまい、改札を出てくる。

「なぜわたしの番号を？」

「あら？　そちらの理事長からお教えいただきましたけど。もしかして、ご本人の了承はなかったのかしら」

堂本先生は由也さんと向き合っていて、私からは表情は見えない。だけど、さっき改札から出てくるときに顔を見た。

同性にもかかわらず、見惚《みほ》れてしまっていた。

年齢はおそらく由也さんと同じくらい。知的な眉とキリッとした目元。鼻筋も通っていて、誰が見ても美人だと言うだろう。さらに高めの身長にヒールの分が合わさって、百八十センチくらいはある由也さんの隣にいてもバランスがいい。顔も小さいうえ、手足が長くパンツスーツがよく似合う。まるでモデルだ。

私が堂本先生のインパクトに圧倒されていると、由也さんが一瞬私を見た。

きっと私のことを気にしてくれている。でもなんとなく雰囲気的に私が介入する感じじゃないし、なにより出ていく勇気もない。

私はふたりの話を拗らせたくなくて、『気にしないでください』の意で小さく首を横に振ってみせた。由也さんは私の気持ちを察してくれたのか、すぐに視線を堂本先生へ戻した。

「それは伝達がうまくいっておらず失礼しました」

「別に構いません。私、昨日は青森《あおもり》だったんです。少し遅延して到着が予定より遅くなったので、約束の時間がギリギリになりそうで電話したんですが」

あまり盗み見るのもよくないと思いつつ、彼女の品のある話し方やちょっとした所《しょ》作《さ》に釘付けになっていた。やっぱり、どういう女性が由也さんの縁談相手なのか、気にはなる。

「でもこの時間ならまだ余裕だったのでは」

由也さんの返答に、堂本先生が一笑する。

「指定の場所は〝ペトゥル・サクラ〟でしょう？　このスーツ姿じゃ浮いてしまうじゃないですか」

ペトゥル・サクラとは、日本の伝統をちりばめたデザインで注目されている宿泊施設。格調高い雰囲気が好評だとメディアで発信され、今では国内だけでなく海外の宿泊客からも人気を博《はく》している。

堂本先生の言い分としては、今着ているシンプルなパンツスーツ姿でペトゥル・サクラへ足を踏み入れることなどできないということだろう。そういったマナーは私には馴染《なじ》みがなくて、咄嗟には気づかなそう。やっぱり彼女は私と違って大人の嗜《たしな》みがあるのだと思い知らされる。

しかし圧倒されているのは私だけで、由也さんは顔色ひとつ変えずにさらりと返す。

「そうですか？　着崩したファッションなわけではないし、大丈夫だと思いますが」

いかにも興味がないような態度を取る由也さんに、こちらのほうが肝を冷やす。堂本先生の反応を窺っていたら、おかしそうな笑い声が聞こえた。

「ふふっ。あからさまに興味なさそうな返しね。ああ、大丈夫。私、そういうの慣れてるから」

急に口調がくだけた彼女に驚いていたら、どうやらさすがに由也さんも予想外だったみたいで茫然としている。

「大きな病院ほどスタッフ同士、興味なかったりするしね。そこいくと青森の大学病院はアットホームな雰囲気だったわぁ」

「はあ……」

「ねえ。もう当初の場所まで行くのやめない？　この辺りのカフェで十分よね。そのほうが効率的だし。どう？」

そこで堂本先生がこちら側を向いて、不運にも思い切り視線がぶつかった。動揺した私は目を逸らすこともできず、通りすがりのふりをすることもできず、おずおずと頭を下げてしまう。

「あら？　あの方は？　お知り合い？」

一方的に見ていたときと違い、彼女の意識が自分に向いていると思うだけで足が竦む。視界の隅で瞬時焦りを滲ませた由也さんが見えた気がした。

私の失態で話をややこしくしてしまう。だけどもう今さらどうにもできない。

焦慮に駆られつつ自分を責めている私を助けてくれたのは、やっぱり由也さん。

「彼女は古い知り合いです。今日は見送りに来ていたんです」

――が、私は彼の言葉に凍りついた。

古い知り合いなのは事実だし、恋人関係を否定されたわけではない。

冷静に考えればわかることも、惑乱《わくらん》していて気持ちがついていかなかった。ただ自分の存在を隠されたと感じて、得も言われぬ悲しみに襲われる。

頭の中が真っ白になっている私に、堂本先生は赤く艶やかな唇に笑みを浮かべた。

「そうだったんですか。ご挨拶が遅れて失礼しました。私は堂本凛と申します。堂島で外科医師をしています」

「あ……私は佐々千夏と申します。福島で……作業療法士をしています」

「へえ、OTなの」

堂本先生が私を頭からつま先までゆっくり視線を動かし、しげしげと見られる。

きっと他意《たい》はない。ドクターだし、相手を観察するのが癖なのかもしれないから。

冷静になるべく自分に懸命に言い聞かせるも、足はおろか指先さえ動かない。そのとき、コンコースから新幹線の発着を案内するチャイムの音が響いた。

反射で改札の案内板を見上げると、乗る予定の列車が間もなく到着するのがわかり、好機とばかりに会釈する。

「あっ……。すみませんが、私はこれで。失礼いたします」

堂本先生に挨拶した後、由也さんにも「じゃあ」と言葉少なに頭を下げ、そそくさとその場を立ち去ろうとした。

改札口へ一歩踏み出すや否や、由也さんに肩を掴まれて足を止める。

「気をつけて。あとで連絡する」

小声でささやいて微笑む彼に、僅かに緊張が解れた。

私は「はい」と答え、耳と肩に彼の余韻《よいん》を感じながら、ふたりに背を向け改札をくぐった。いつもよりも速足でホームへ向かい、乗車位置を確認する。すでに並んでいる人の後ろに立ち、「ふう」と息をついた。

落ち着け。おそらくあの場で堂本先生に私を恋人と紹介すれば、縁談相手である彼女に恥をかかせてしまう。だから彼は私を、『古い知り合い』と説明したんだ。大丈夫、きちんと理解している。

心の中でつぶやき、ゆっくり瞼を下ろす。少ししてホームに車両がやってきた。

乗車して決まった席に座り、膝の上に小さめの紙袋を置く。中身は昨夜由也さんからもらったミニブーケ。

きっと由也さんは、移動する際に大きい花束じゃ邪魔になると思ってこのサイズにしてくれた気がする。

彼との楽しい時間を反芻するも、最後はどうしても堂本先生のことが脳裏を過る。

彼女の存在はとても印象的で、正直まだ動揺は残っている。

美しい人だった。あの容貌《ようぼう》で立派な病院の院長令嬢《れいじょう》で本人も外科医だなんて……。

とてもじゃないけど、私では張り合う要素を持ち合わせていない。


「結婚相手候補……か」


窓からホームの景色を瞳に映し出すも、頭に浮かぶのはふたりが並んだ光景。

由也さんと堂本先生が言葉を交わすのを間近で見ていて、なんとなくふたりは気が合うのではと予感した。初めはショックを受けたけど、今では納得している。

彼女は由也さんと同職だ。つまり彼と同じ目線に立っているわけで、彼の仕事に対する考えや悩みを理解してあげられる。なんなら直接助けることだってできるかもしれない。

そういった医師ならではのオーラというのは、職場で安積先生などを相手に感じるときがある。

医師は特別な存在で、一線を越えてはいけない雰囲気がある。実際、由也さんも医師として院内で会った際にはちょっと遠い存在として見ていた。

医師の由也さんの隣には、どう頑張っても並べない。

これまで並びたいとも意識しなかったのに、堂本先生とのツーショットを見て少し羨《うらや》んでいる自分に気がついた。

私は視線を落とし、指先でそっとミモザに触れた。

彼の想いは届いている。決して自分の気持ちを伝えるのが得意なタイプではないはず。それは過去の日々を思い返すたびに思う。

そんな口下手《くちべた》だった彼が何度も『好き』と言ってくれたのだから、私も揺らがずにいたい。

私は、私。

彼と釣り合いを取るために医師になろうとは思わないし、医師にならなければ彼に相応《ふさわ》しくないとも思わない。

スポーツに青春を捧《ささ》げ、怪我をきっかけに目指すものができて、念願叶って作業療法士になってもなおバッティングセンターに通っちゃう、そんな自分のままでいい。手にある黄色いブーケも、首元のイエローゴールドのネックレスも、そういう自分に似合うってプレゼントしてくれたんだから。

6. それでも、好きだから

あれから数日が過ぎた。

日曜は夕方のうちにアパートに着き、由也さんにメッセージを送った。夜に彼から電話がかかってきて、堂本先生の一件の報告を受けた。

『あの後は駅の近くのカフェに入って、すぐ今回の話は白紙にしてほしいと伝えた』

と聞き、ほっと胸を撫で下ろしていた。

今日は午前同様、午後もびっちりとリハビリテーションの予約が入っていて、堂本先生のことも考える余裕もなく仕事に勤しんでいた。

タブレットで次の患者のカルテを確認していると、リハビリテーション室の入り口に子どもがいるのに気づいた。

子どもの患者はめずらしいので、私はピンと来て歩み寄り声をかけた。

「春季くん！」

「えっ。えー！　なんで!?」

声を上げて私を見るのは、紛れもなく春季くん。

春季くんとは公園で彼のお母さんから手術をすると聞いて以来の再会。

でも偶然にも由也さんが執刀したと知り、さらにはうちの病院へ移るかもと聞いていたので、すぐにわかった。

「佐々さん、どうしたの？　患者さんをあまり刺激したらよくないよ」

すると、春季くんに付き添っていた理学療法士・刑部《おさかべ》さんに注意を受け、慌てて頭を下げた。

「す、すみません。知り合いだったので……」

「知り合い？　春季くん、そうなの？」

「うん。僕の家の近所の公園で会ったんだ」

春季くんが笑顔で答える姿を見て、本当に無事に手術が成功したのだと実感した。

由也さんから春季くんの手術を執刀したと聞いた際に、雰囲気と会話から手術は成功したと察してはいた。けれども、やはり実際に本人の笑顔を目の当たりにすると現実味と喜びが違う。

「そうかー。なら、しばらくはここでも会えるな。よし。じゃあまた公園まで行けるように、リハビリ頑張るか」

春季くんが刑部さんに「はい！」と元気に返事をし、ゆっくり移動を始めたところに、遅れて春季くんのお母さんが姿を見せた。

「あっ、こんにちは。お久しぶりです」

「まあ！　千夏さん！　こちらでお勤めだったんですか！」

春季くんのお母さんも、まさか私に遭遇するとは思わなかったみたいで驚いていた。

「はい。春季くん、こちらでリハビリを始めたんですね」

「そうなんです。かかりつけの病院は別にあってそこで手術もしていただいたんですが、リハビリで週に何日も通うには遠くて……。そうしたら、担当医の小泉先生からここを紹介していただいて。小泉先生も週に二回こちらにいらっしゃるし、リハビリも充実してると伺ったので」

「そうでしたか。確かに通院するのに遠いのはお母さんが大変ですもんね」

「ええ。今日はリハビリ初日で……あっ。おかげさまで手術のほうは」

「無事に終えられたんですね。春季くんの姿を見てわかります。なにか困ったことなどありましたら、担当者でも私にでも構いませんので仰《おっしゃ》ってくださいね」

私は刑部さんからリハビリテーションの説明を受けている春季くんの真剣な横顔を眺め、目尻を下げてそう言った。

それから約三十分後、リハビリテーションを終えた春季くんが私のもとにゆっくりとやってきた。

「千夏姉ちゃん」

私もちょうど二十分一単位のリハビリテーションを終えたところ。

次のリハビリテーション項目の準備の手を一度止めて尋ねる。

「春季くん。体調はどう？　リハビリ苦しくない？」

春季くんはニッと明るく笑って「平気」と答えた。私が安堵して「そう」と返すと、春季くんが改まって口を開く。

「ねえ、千夏姉ちゃんって、土曜日も仕事してるの？」

「土曜日？」

「うん。明日」

「明日は仕事だよ。でも休みバラバラだから、毎週土曜日にいるとは限らないけど」

「ふーん。わかった。じゃあ、またね」

次の準備を急がなきゃならない状況だったのもあり、私は春季くんの質問に対して深く考えずに「またね」と返し、その場で彼を見送った。

そうして慌ただしくしているうちに定時を迎え、いつものようにスタッフルームに足を向ける。部屋に入るなり、デスクで項垂《うなだ》れている恵さんが目に飛び込んだ。

「恵さん？　どうかしたんですか？」

具合でも悪いのかと心配して歩み寄ると、デスクに突っ伏していた恵さんが首を動かし顔を見せた。

「落ち込んでるの」

「えっ。なんでまた……仕事でなにかありました？」

とりあえず体調が悪いわけではないと安心するも、別の心配が残る。普段は明るく元気な恵さんが目に見えて落ち込むとは、どれだけ深刻な問題なんだろう。

「違うの。さっき本郷さんと会ったとき、悲しい噂を聞いちゃって」

「噂？」

怪訝な声で聞き返すと、恵さんはむくりと身体を起こし、神妙な面持ちで頷いた。

「そう。ほら。前に何度か来てた遊馬先生、もうすっかり来なくなったでしょ」

由也さんの話題はふいうちで、否が応にもドキリとしてしまう。どうにか動揺を顔には出さずに返事をする。

「ああ。そう言われれば……」

お世話になっている先輩にはいつかちゃんと話をしなきゃ。だけど、やっぱり切り出すタイミングは今じゃないよね……。

彼との関係を黙っているのは心苦しいが、さすがにこの流れで告白する勇気はない。

すると、恵さんが話し始める。

「だけど今日、小泉先生と遊馬先生が担当したっていう子が来たじゃない？　そうしたら、遊馬先生、またうちの病院に顔を出す可能性あるじゃんって思ってたのに」

「……のに？」

今、恵さんが話したのは〝悲しい噂〟ではない。つまり本題はこの後だと感じて引き続き耳を傾ける。

「どうやら結婚しちゃうらしいのよ」

「え！」

ぽつりと漏らした恵さんの言葉に、頭で考えるよりも先に声が出た。

しまった！　と思ってももう遅い。恵さんは一瞬でも反応を見せた私に苦笑する。

「なんだ。佐々さんもなんだかんだ言って遊馬先生に興味あったんじゃない」

「あ、いや……その」

しどろもどろになりながら、愛想笑いを浮かべてごまかす。

だって、うっかりリアクションもしてしまう。彼と付き合い始めてまだ半月ほど。

けれども先週末、確かに彼の口から、『結婚』の単語は出てきた。

とはいえ、あれは正式なプロポーズじゃなくて、話の流れで出てきた言葉だったし……。そもそもどうして私たちの間だけであった話題が恵さんに？

不可解な思いでモヤモヤしている私の横で、恵さんは気だるげに頬杖をつき、ため息を零す。

「ま、いいんだけどさ。どっちみち見初《みそ》められる確率なんかほぼゼロだったしね。ただ独身って響きが夢を与えてくれてたっていうか～。はーあ……」

口を尖らせて再び項垂れる恵さんを前に、どう言葉をかけていいか考えあぐねる。

そのうち恵さんは気持ちを切り替えたのか、タブレットに手を伸ばした。

「ナースステーションでは私と同じようにショック受けてる看護師が何人もいるって話よ～。密かに私より遊馬先生ロスになってる人いそう～」

タブレット画面に指をスイスイ滑らせながら言う恵さんに、小声で尋ねる。

「あの……その噂ってどこから……？」

出どころや、噂を流した人の目的が気になる。

真剣に悩んでいると、恵さんは目をぱちくりとさせた後、急に笑い出した。

「やーだ。意外に本気？　佐々さんも」

「や、本気っていうか」

「いいのいいの。わかってるから。噂の真相ね。今日小泉先生の日だったでしょ？　医局の前で電話しているのを、通りかかったスタッフが会話を小耳に挟んだみたいよ」

「小泉先生が……？」

意外な名前が出てきて驚いていたら、彼女がさらに衝撃的なことを口にする。

「誰かと話してて、『遊馬先生と同じ外科医なら家庭でも現場でも彼を支えられて理想的だね』って言ってたって。それってどう考えても結婚の話だよねえ？」

嘆く恵さんをよそに、私は頭の中が真っ白になる。

『同じ外科医』――そう聞いて思い当たる人物は堂本先生しかいない。

私は無意識に着ているケーシーの上からネックレスの飾りに触れた。

なぜ。彼は日曜の夜、確かに縁談を断ったと報告してくれたのに。

堂本先生との間になにか行き違いが？　それとも、由也さんの意に反して周りが積極的に動いている……？

私は突如不安に襲われ、それ以降の記憶がおぼろげだった。

昨夜はいつもよりも寝つきが悪かった。原因は恵さんから聞いた話だとわかっている。気にしないようにと思っていても、気になってしまうんだから仕方ない。直接彼に聞く決心もつかぬまま、すでに昼になってしまった。

午前のリハビリテーションが一段落した私は、一度スタッフルームへ入る。午後の予定をおさらいしていたところに、ドアが開いた音がして振り返る。

「佐々さーん。あ、いたいた」

やってきたのは刑部さん。彼は私を見つけるなり、笑顔でやってくる。

「よかった、まだ休憩入ってなくて。お客さんだよ」

「お客さん……？」

首を傾げて刑部さんの奥へ視線を移すと、しっかりした身体つきの刑部さんにすっぽりと隠れていた春季くんがひょこっと顔を覗かせた。

「春季くん！　どうしたの？」

春季くんは私の前までやってきて、ビニール袋を差し出してきた。

「トマト。今朝収穫《しゅうかく》したから届けにきた」

私はビニール袋を受け取り、袋の口から中身を覗く。中には赤く艶やかに光る立派なトマトが三つ入っていた。

「トマト？　これ、春季くんが育てたの？」

「うん。大玉は今年初めて挑戦したんだ」

「初めてでこんなに赤くて大きいトマトができたの？　すごい！」

私が感嘆していると、春季くんのお母さんが頭を下げる。

「お仕事中にすみません。春季がぜひ届けたいと言うもので」

「あ、仕事は大丈夫なんですけれど……」

私は歯切れ悪く返し、ちらりと刑部さんの顔を窺った。

「いいんじゃない？　さっき科長ともすれ違って事情知ったうえで案内頼まれたから。相手は子どもだしね」

刑部さんの答えにほっとしていたら、お母さんがおずおずと口を開く。

「もしかして、なにか決まりが？」

「はい。実は、患者さんからは贈答品《ぞうとうひん》など受け取ってはいけない決まりで。でも春季くんのせっかくの厚意ですから、私も受け取りたいです」

「そう言ってくださって、ありがとうございます」

「いえ。こちらこそ。春季くん、ありがとう。すごく美味しそう」

私は膝を少し屈めて春季くんの視線に合わせ、お礼を伝えた。春季くんは屈託《くったく》ない笑顔を弾けさせて言う。

「うん。甘くて美味しいよ。小泉先生も美味しかったって言ってくれた」

「あ、小泉先生にも渡したんだね」

「本当はもうひとりの先生にも食べてほしかったんだけど、東京なんだってさ」

東京にいる、もうひとりの先生――。

春季くんの口からなにげなく出てきた言葉に固まる。

「仕方ないわ。お医者さんは忙しいのよ。小泉先生に春季のお礼の気持ちは伝えてもらってるから大丈夫」

「あのね、遊馬先生っていうんだけど、僕、あの先生なんか好きだ」

春季くんの明るい表情から、由也さんに対して好感を持っているのはひしひしと伝わってくる。

私はもう一度膝を折って春季くんに尋ねる。

「そう。なにかお話ししたの？」

「うーん、話は少しだけ。遊馬先生変わっててさ。僕に『頑張れ』って言わないんだ。そういう大人ってめずらしいよ」

春季くんの口から語られる彼に興味を引かれる。

「じゃあ、なんて言われたの？」

由也さんとは学生時代に知り合い、現在は恋人だとは言っても、彼についてまだよく知らないことのほうが多い。

私は彼の新たな一面に触れられる現状に、このうえなくドキドキしていた。

すると、春季くんが満面の笑みで即答する。

「頑張るのは自分のほうだから応援してくれって。変わってるでしょ？」

瞬間、由也さんの顔が鮮明に浮かんだ。

安易に『絶対』や『大丈夫』を言わないところが彼らしい。

彼が春季くんにかけた言葉の真意は、直接確かめないとわからない。だけどなんとなく……私は彼の思いが理解できるような気がした。同時に、次々とこれまでの記憶が蘇る。

スーツ姿、白衣を纏った後ろ姿、バッティングセンターで空振りして悔しそうに唇を噛んだ横顔。少し乱暴に掴まれた手の感触、照れて赤くした耳、筋肉質な身体。男らしい腕からは想像できない柔らかな唇、熱を孕《はら》んだ力強い瞳。

それだけでももう十分彼に魅了《みりょう》されていたのに、この先あとどのくらい夢中にさせられるのか。

「本当だね」

胸がいっぱいなのを隠し、春季くんへ笑顔を返す。

「春季。もう迷惑だからそろそろ帰るわよ」

「わかった。またね。千夏姉ちゃん」

「うん。あ、外まで見送りするよ。ゆっくり行こう」

私はトマトが入った袋を腕にぶら下げたまま、ドアを開けた。春季くんは刑部さんに付き添われて先にスタッフルームを出て行く。次に春季くんのお母さんが軽く会釈をして廊下に出た。

私が最後にドアを閉めて出た後、お母さんがぽつっと言う。

「トマト……あの子、今年は手術が決まっていたから願掛けもあったと思うんです」

「願掛け……」

お母さんは春季くんの後ろ姿のほうへ、優しい視線を送る。

私も春季くんの背中を見て、トマトの重みを感じていた。

仕事を終え、アパートに帰宅する。玄関に入ると、シューズボックスに置いた小瓶《こびん》に飾った黄色い花が出迎えてくれた。

「ただいま～。あぁっ。もう少しだけでも頑張って」

一週間前にもらったブーケは、さすがにもう元気がなくなってきていた。

私は花の水を取り替えた後、キッチンへ向かう。もらったトマトを冷蔵庫に入れようとしたとき、手が止まった。

自分の握り拳《こぶし》よりも、ひと回りくらい大きいトマト。ひとりで食べきれない量ではないけれど、春季くんと話していたときからある案が頭に浮かんでいた。

「……よし」

ひとりでつぶやくなり、バッグの中からスマートフォンを取り出す。ロック画面に表示された時刻を見て、一度止まる。時刻は五時半。

土曜だけど仕事があると由也さんからは聞いている。私は少し考えたのち、連絡先のアイコンを開いて由也さんに発信した。
三、四コール鳴らして出なかったらすぐに切ろう。
そう決めてスマートフォンを耳に当てる。三コール目が終わりかけたとき。

『はい。千夏？　どうした？』

仕事で出られないのだろうとあきらめる直前、電話が繋がった。ふいうちの声が低く落ち着いていて魅力的すぎる。すぐに反応できない。

私は数秒戸惑ってから、慌てて口を開いた。

「あ、えっと、お疲れ様です。あの、今ってお仕事中ですか？」

落ち着かなくて座っていたベッドから立ち上がり、部屋の中をうろうろ歩いて話をする。

『うん。でももうそろそろ帰るところ』

「え！　じゃあ電話……」

『今、医局で資料見てただけだし大丈夫。それで？』

最後の言葉がすごく優しい声色で、電話の向こう側にいる彼が柔らかく微笑んでいるのが目に浮かぶ。

「あの……もしご迷惑でなければ、今夜会いに行ってもいいですか？」

『えっ？』

「ごっ、ごめんなさい！　やっぱり急でしたね！　第一今日も仕事だったなら今週まだ休んでないんですよね。だったら疲れてますよね」

さっきまで穏やかな雰囲気だった彼が本当に驚いた声を出したから、思わず姿勢を正して謝った。

ふたりでいるときいつも彼は優しいから、無意識になんでも受け入れてくれると思っていたと恥ずかしくなった。

私は居た堪れなくなり、必死に言葉を探す。すると、由也さんが先に声を発した。

『違う。驚いただけ。迷惑じゃないし、そう言ってくれるのはむしろうれしい』

「そ……そう、ですか……？」

『うん。明日は休みだし。でもなんでまた？　この時間だと着くのは九時過ぎるんじゃない？　先週も来てくれたのに、千夏が休めないだろう』

「あっ。そっか。由也さんが明日休みなら、明日の朝に出て日帰りでも……」

善は急げと思って今夜と提案したが、落ち着いて考えれば自分も明日は休みなのだから明日でもよかったと気づく。

『千夏も明日休みなの？』

「はい。なので、明日にしますね。夜に到着とか、よく考えたら迷惑でした」

考えなしに電話してしまい反省していたら、彼が甘やかな声色で言う。

『いや。千夏が大丈夫なら今夜おいで』

ドキッとして、一瞬言葉に詰まった。自分からお願いしたはずなのに、しっとりした声で言われると今さらながらどぎまぎする。

「あっ……えと、私は昔から体力だけはあるから……平気ですけど」

『はは。そうだったな。時間は決まってる？　こっちでチケット手配しようか？』

「いえ！　今回は自分で手配します。間に合えば……えっと、七時半の新幹線に」

私はすぐさま壁に貼ってある時刻表を見て答えた。

『じゃ、新幹線に乗った後にでも到着時間をメッセージで入れておいて。駅まで迎えに行く』

急な誘いも受け入れてくれたうえ、仕事終わりに駅まで迎えに来てくれるなんて。

そう考えて遠慮しようか迷った末、思い切って厚意を素直に受け入れる。

「本当にありがとうございます。あとでメッセージします」

由也さんは『待ってるよ』と言って、電話を切った。待受画面に切り替わったスマートフォンに視線を落とし、しばし静止する。

本当は昨日の小泉先生が話していた噂の件も聞いてみようかとも思ったけれど、由也さんの優しい言動を受けて切り出すのをやめた。

彼は誠実な人だ。基本的に嘘を吐かないし、もしも嘘を吐いたとすれば、相手を思っての嘘のはず。

彼を信じる。それは同時に自分を信じることにもなる。

昔も今も、彼を好きになった自分は間違ってなんかいない——と。

大丈夫。由也さんは変わりなかった。とりあえず今は急いで会いに行こう。

私は胸の奥に不安を押し込めて、急いで支度をした。


数時間後。予定通りの時間に到着し、スマートフォンを確認する。

私は車両に乗ってから《八時五十分頃に着きます》とメッセージを送っていた。しかし、一向に由也さんからの返信はなかった。

辺りを見回しても彼の姿はない。私は人が多く行き交う改札付近を避け、駅構内の隅に移動した。

待ち合わせ時間から二十分が経過してもなお、彼は現れなかった。

何度もスマートフォンを確認するも、電話はおろかメッセージもない。おそらく仕事が立て込んでいて、連絡する暇もないのだろう。でも、道中事故にでも遭《あ》ったのでは……という可能性も考え、心配は拭えなかった。

遊馬記念病院は新宿駅近く。今から私が病院まで移動し、彼がまだ勤務中か確かめる方法もあるにはあるが、連絡がつかない分、約束はここ東京駅だから下手に動かないほうがいい気もする。

少し悩んだ末、私は駅の中にあるカフェでもう少し待つことにした。

それから約一時間が経ち、時刻は午後十時十五分。

頼んだコーヒーもすっかり空になって、いよいよ店内から出ようかと荷物を持って席を立つ。会計を済ませてカフェを出て、スマートフォンを取り出した。

今もなお由也さんからの連絡はない。私はひとつ息を吐いて、スマートフォンをバッグにしまう。

ネットニュースを確認しても大きな事故のニュースはなかったし、きっと急患だ。

医師だと急な対応を求められる。それを理解しているから、彼からなんの連絡もなくても怒りはなかった。ただ忙しいのに申し訳ない気持ちと、ちょっとだけ寂しいと思うくらい。

春季くんのトマトを届けられないのは残念だけど、仕方がない。あまり待っているのも由也さんの負担になるかもしれないし、今夜は実家にでも帰ろう。この時間に実家に連絡すれば百パーセント驚かれるだろうな……。

そうしてもう一度スマートフォンを手にした瞬間、着信がきた。由也さんだ。

「もしもし」

『ごめん！　急患で仕事が長引いて……今どこにいる？』

開口一番に謝られた瞬間、由也さんの声を聞いて無事なのがわかり、ほっと胸を撫で下ろす。

「やっぱり。事故とかじゃなくてよかったです」

『あ……心配させてたよな。悪い……。とりあえずこれから病院出るから、どこにいるか教えて』

「東京駅です」

『えっ。まさかずっと動かずにいた？』

驚く彼へ、苦笑交じりに返す。

「でもカフェで休んでましたから。ちょうどさっき出たところです」

『本当にごめん。あと二十分待っててもらえる？』

「私は平気ですから、ゆっくり……」

『いや。急ぐ。じゃあ、今向かうから』

すぐにでも駆け出しそうな雰囲気で通話を切られ、茫然とする。

とにかく由也さんになにかあったわけじゃないとわかって、改めて安堵の息が零れ落ちる。その後、徐々に彼と会えるんだと噛みしめて頬が緩んだ。

電話を切ってからちょうど二十分。由也さんは息せき切ってやってきた。

「千夏……っ、ごめん」

「そ、そんなに急がなくても」

「いや。急ぐだろ普通。なんの連絡もしないで彼女を一時間以上待たせてたら」

汗をかいているのを見て、私は慌ててハンカチを彼の額に当てた。

「そんな……元々私が急に言い出したことで。第一私は仕事柄ドクターと関わっていますし、大体の事情はわかるつもりなので気にしなくても。それより、由也さんこそ大丈夫ですか？　全然休めてないんじゃ……由也さん？」

彼が急に固く瞼を閉じるものだから、不安になって顔を覗き込む。

もしかすると、激務の後に猛ダッシュしたせいで具合が悪くなったのかもと心配になった。

私は動揺し、パッと閃いた勢いでバッグの中から小さな巾着を取り出した。

「こ、これ！　なにか口に入れますか？」

由也さんは目を開き、巾着の中身を見てきょとんとする。

「これは？」

「あ……ほら。私、初めて由也さんと出会ったとき……空腹で具合がおかしくなっちゃったじゃないですか。それ以来、こういうの常備してて」

「それ以来？　ずっと？」

「え？　はい。あんなふうに倒れ込んでしまったらまた迷惑かけ……由也さん？　やっぱりどこか具合が……どこかに座って少し休みますか？」

今度は額に手を当てたまま動かなくなって、おろおろとしてしまう。迷いながらも手を伸ばし、彼の腕に触れる直前ぽつりと返事が返ってきた。

「ごめん。今、自制中」

「え？」

私は手を宙で止め、目を丸くする。彼はこちらを一瞥してつぶやいた。

「俺の彼女が理解力あって優しくて……しかも可愛くて。抱きしめたいのを必死に我慢してる」

「は……っ!?」

「だけど公衆の面前だし、俺、仕事終わったまま慌てて来てお世辞《せじ》にも綺麗なカッコしてないし」

「い、いや、その……体調が悪いんじゃ」

まったく予想しない回答で戸惑っていたら、スッと手を繋がれる。

「体調はなんともない。連絡できなかったせいで待たせてしまったことの罪悪感がすごくて……。本当にごめん。待っててくれてありがとう。とりあえず俺の家に行こう」

由也さんは微苦笑を浮かべ、私の荷物をひょいと持つと、手を引いて歩き出した。

彼が住むマンションは遊馬記念病院の目と鼻の先。歩いて行ける距離だし、夜勤など不規則な仕事をしている彼にとって立地は最高だ。

いわゆるタワマンと呼ばれる立派なマンションで、最上階は五十階ほどあり地下も四階まであるらしい。ロビーにはコンシェルジュまで常駐していた。

部屋に案内されると、十五畳はありそうな広々としたリビングと、高層からの景色が一望できる大きな窓があって圧倒される。リビングにはほかに、座り心地のいいL字の革張りソファと壁づけされた大きなテレビ。おしゃれなアイランドキッチンも見えて、まるで別世界だった。

私はシャワーを浴びている由也さんを待っている間、ソファに浅く腰をかけ、背筋を伸ばした状態でいた。チラチラと部屋の中を見ては感嘆して息を漏らす。

家賃五万円台の1LDKで暮らす自分とは雲泥《うんでい》の差《さ》だ。

こんなに素晴らしいところで生活しているのは、彼の実家もさることながら、由也さん自身もやはり敏腕で人気のある外科医だからなんだろうと察した。

理想の仕事を語り合っていた頃は夢ばかり追いかけていたし、なにより子どもだったから、こういった互いの差までは想像できなかった。それは再会した後も変わっていなかった。

だから、今さらながらに彼の私生活を垣間《かいま》見て、自分とは違う世界の人なのだと思い知らされる。

自分でもよくわからない得も言われぬ不安が胸に芽生えかけたとき、ドアが開いた。

「お待たせ」

由也さんが現れるとほぼ同時に、すっくと立ち上がる。

「いっ、いえ！　もっとゆっくりしてもよかったのに」

「気持ちだけもらっとく。ただでさえ予定より遅れて迎えに行ったんだ。せっかく千夏がいるのに、ゆっくり風呂に入る時間がもったいない」

彼はキッチンへ入り、冷蔵庫からミネラルウォーターを出してグラスに注ぎながら笑った。

「気にしすぎですよ。さっきも言いました。私、ドクターが忙しいのは理解してるつもりなので」

さっきマンションまでの道中、由也さんは遅れた理由をきちんと説明してくれた。

不運にも急患が重なり、人手が足りないほど追われていたらしい。

ミネラルウォーターを一気に呷《あお》った彼は、コトッとグラスを置き口元を拭う。そしてリビングのキャビネットを経由して、こちらにやってきた。

改めて見上げた彼は、シャワーの後で髪はノーセットで無造作なまま。濡れた黒髪の彼は普段よりも色気が増していて目が離せない。

ふいに彼が右手を差し出してくる。なにかと思って視線を落とすと、一本のキーが手の中にあった。

「え？　これ……私に？」

「ん。この部屋の。前回渡しておけば今日も外で待ちぼうけさせずに済んだよな。悪かった」

彼はそう言って私の手を取ると、キーを乗せた。そして、真面目な顔つきで続ける。

「今後も仕事柄、千夏を待たせることが多くなると思う。だからせめてここで待ってて。自分ちみたいに寛《くつろ》いでていいし」

「いいんですか……？」

「なんで？　ダメな理由がないだろ。それにそのほうが安心する。今日みたいな思いはもうさせたくない」

彼の長い指が髪に差し込まれ、サラッと撫でられる。触れられている箇所もくすぐったいが、心も同じくこそばゆい。気づけば鼓動は早くなっていて、咄嗟に顔を背けてしまった。

感じの悪い態度を取ってしまったと後悔し、そろりと視線だけを由也さんに戻す。彼は私の心の中を見通したかのように優しく微笑んだ。

「あっ、そうだ。夕食は済みましたか？　私、実はまだで」

照れくさくて話題を変え、さりげなく距離を取った。あのまま近くにいられたら心臓がもたなそうだったから。

「俺もまだ。どうする？　この時間からだと行けるところは限られるな」

「私が作ってもいいですか？　材料は郡山のスーパーに寄ってきたので」

「えっ。そうなの？」

由也さんが再び罪悪感を滲ませたのを感じ、私は気にさせないため、にっこり笑顔を作る。保冷バッグ仕様のエコバッグを取って、ソファから立ち上がった。

「はい。今日は元々そういうつもりだったので。キッチンをお借りしても？」

「もちろん。俺も料理得意ではないけど、手伝うよ」

それから、私たちはキッチンに並んで夕食の準備を進める。

由也さんはあまり料理をしないらしいのに、そばを離れず率先してできる範囲で手伝ってくれていた。

驚いたことに、冷蔵庫の中にはミネラルウォーターとエネルギー補給ができるゼリー飲料のみ。冷凍室にはいろんな冷凍食品が入っていたけれど、野菜室に至っては野菜はゼロ。

「まさかお米もないとは……最近はどう暮らしてたんですか」

信じられない気持ちを堪えきれずに吐露すると、彼は言いづらそうに漏らす。

「……ほら。職場に食堂があるから」

「休日は？」

間髪容れず質問を投げかけたら彼はなにも言わず、わざとらしく視線を逸らした。

私は思わず「はあ」と深いため息を吐く。

「下手したらずっと寝ていて食事してない……感じですね。とりあえずお鍋やフライパン、カトラリー一式があるのは助かりました。だけど、料理しないのになんで持ってるんですか？」

広いキッチンにはコーヒーマシンやオーブンレンジのほか、フライパンと鍋が数種類あった。オーブンレンジなどの電化製品はあっても不思議ではないけど、料理をほぼしないのにメーカー品のフライパン類が揃っているのが疑問だった。

「朋也が。あいつは俺と違って料理が得意なんだ。俺が帰国した後、ここまで会いに来たときに置いていった」

「なるほど。朋也さんに感謝します」

私は鍋を手に取り、朋也さんを思って軽く頭を下げた。

「あ。これか。確かに美味しそうなトマトだ」

由也さんはばつが悪くなったのか、調理台にあるトマトに手を伸ばして話題を変えた。

彼が手にしているのは、私が春季くんからもらったトマトだ。

「由也さんに届けられてよかったです。春季くん、遊馬先生にも渡したかったって残念そうにしてて……。そうかといって、私と由也さんが知り合いってことも伝えてないので、『私が届けるよ』とは言えなくて。そもそも今日会えるかもはっきりしてなかったし」

「突然会いに来たいって言った理由はこれだったのか」

「はい。春季くんのお母さんが言ってたんです。このトマトは春季くんが願掛けしてたらしいって」

私はトマトを見つめ、春季くんと彼のお母さんを思い出す。

「春季くん、今までで一番難易度の高い手術だって理解してて、その日が夏になると決まったときに、今年はミニトマトじゃなく大きなトマトに挑戦したいって……。トマトをうまく育てるためには、無事に手術終えて早く家に帰ってお世話しなきゃって言って常に前向きだったたってお母さんから聞いて」

私はふたりの気持ちを想像し、噛みしめながら続ける。

「なんていうか……とても陳腐《ちんぷ》な言葉だけれど……すごく頑張ってたんだなあって。春季くんもお母さんも、言葉で言い表せないほど一所懸命なのが伝わってきたんです」

「ああ」

由也さんはゆっくり睫毛を伏せ、優しい声音でひとことつぶやいた。

私の仕事は、誰かが頑張っている姿を間近でよく見るし、それを応援する立場にもいると思ってる。仕事だから励ますのではなく、気づけば勇気づけたいと感じて動いてる。そこになんの疑問も持たなかったし、純粋な気持ちで鼓舞していた。

でも、由也さんは別の視点に立って患者を支えてる。

「由也さんも、そういう春季くんをわかって、あの子の心にこれ以上負担をかけないような声かけをしたんじゃないですか？」

春季くんが昨日話してくれた由也さんとの会話の内容を鮮明に覚えてる。すごく印象的だったから。

「頑張ってって言うんじゃなくて、自分が頑張る番だって由也さんが言っていたこと、春季くんから聞きました。私……すごく衝撃を受けた」

すでにめいっぱい頑張っている相手に『頑張れ』と背中を押すのは、時に相手を追い込むこともある。ずっと頑張り続けるのは、ずっと走り続けるのと一緒で苦しくなってくる。そういうときに応援されると、力が出ることもあるだろうが逆にプレッシャーを与えることもある。

由也さんは緊張していた春季くんをリラックスさせるだけでなく、そういう心も汲み取って寄り添ったんだって直感した。

彼を見つめると、少し切なげに眉根を寄せて小さく笑った。

「患者はいつでも頑張ってるからな……」

「私は直球で接してばかりだって気づかされました」

「まあ、君はそういうところが長所だろうから。それはそれでいいと思うよ」

彼は大きな手の中でトマトを軽く遊ばせながら言った。

「患者さんがいつも全力で頑張ってるというのは同意ですが、医療スタッフもいつも頑張ってるじゃないですか。だから、睡眠も大事ですけどできるだけちゃんと食事しなきゃダメですよ」

彼は繊細で、柔らかでいて芯が通った人。そして真面目だから、きっと相手を優先して考えて自分を疎かにしがちなタイプだと思う。

私が話を戻し厳しい顔つきで視線を送ると、彼は長身の身体を丸めてぽつりと返す。

「肝に銘《めい》じとく」

肩を窄めて素直に聞き入れる彼が可愛くて、つい笑いが零れてしまった。

トマトとモッツァレラチーズのカプレーゼ、トマトと卵のスープ、冷凍シーフードミックスを使ったペスカトーレ。

それらをふたりで美味しく平らげ、片づけも終えた後はリビングで寛いでいた。

「あ。そうだ。あの～、念のため住所を教えてもらってもいいですか？　合い鍵を預かってもここにたどり着けなかったら意味がないなって」

方向音痴《おんち》とまでは言わないけど、道を覚えるのはあまり得意ではない。

私は近くに置いてあったバッグから手帳を取り出し、フリースペースのページを開く。ペンホルダーに差していたボールペンの先を紙面に置いた。

「いい？　新宿区」

「新宿区……あっ」

ペンを走らせた直後、文字が書けなくて声を上げる。

「どうかした？」

リフィルの隅にぐるぐるペン先を押しつけてみるが、やはり跡がつくだけでインクは出ない。

「このペン、もうインクがないんでした。すみません、ペンを借りてもいいですか？」

「そこのキャビネットの右上の引き出しから好きなの使って」

「ありがとうございます」

由也さんに言われたキャビネットへ行き、引き出しを開けた。中は部屋同様、必要最低限のステーショナリーのみしまってあり、すっきりとしている。

「わ。すごく綺麗で見やすい……ん？」

整頓《せいとん》された引き出しに感動するのも束の間、見覚えのあるシャープペンシルが目に留まった。そのペンを摘《つ》まみ上げ、ジッと見る。

「もしかして、このシャープペン……」

特に限定品でも高級品でもない、普通のシャープペンシル。それは中学生だった私が由也さんに助けてもらったお礼と称して贈ったペンに似ていた。

「ああ。覚えてた？　消しゴムはさすがに使い切っちゃってないけどね」

「えっ。まさかと思ったけど、これ、本当に私があげたペン!?」

驚愕する私を見て、彼はただ笑っている。私は面映ゆさの後で感動してしまった。

「由也さんって本当に……」

〝ずっと私のことを忘れないでいてくれたんですか〟

その先は恥ずかしくて口にできない。

はっきり聞くことはできなくても、手の中にある使い込まれたシャープペンシルを見れば、彼の想いを感じられた。

由也さんは「ふっ」と短い笑いを零し、私のもとまでやってくるとシャープペンシルをそっと奪った。

「〝本当に〟ずっと心の中にいたよ」

見上げた先の彼が情愛に満ちた瞳をしていて、一気に引き込まれる。途端に胸が高鳴り、愛しい想いが溢れ出した。

「飴を持ち歩いていた君と一緒だよ。俺も十何年もこれをしまっておくくらいに、ずっと。まあ千夏は信じられないだろうけ……ど」

私は衝動的に由也さんに抱きついた。広い背中に両手を回し、彼の匂いに包まれる。

「びっくりはしましたけど、信じられないわけじゃないっていうか……。私もずっと心に残ってましたし、消える気がしないから福島に」

感極まるあまり、うっかり口を滑らせてしまった。失言にはっとし、彼を見た。

「今の……どういう意味？」

最後まで言わずに止めたものの、由也さんは私を凝視する。その目が私に続きを話すよう催促しているのが伝わってきた。

私は観念して、俯きながらぽつぽつと言葉を紡ぐ。

「つい最近まで朋也さんの存在を知らなかったから……。あっ、でも今の職場が気に入ったのも本心ですし。別にそれだけが理由なわけじゃ」

「どこかで俺に会うかもしれないから、避けるために東京を出たってこと？」

地元を離れて地方へ行くほど避けていたと知れば、彼を傷つけるに決まってる。けれど彼のまっすぐな瞳と言葉に、私はとうとう根負《こんま》けして小さく頷いた。

「由也さんに冷たくあしらわれたと思い込んでいたから、もう二度と顔も合わせないでおこうって思って……。ごめんなさい。今さら話すことじゃなかっ……」

俯いて謝るや否や、力強い腕に抱きしめられた。

「どっちにも非《ひ》はないってわかってる。だけど、君の進路に影響を及ぼしたのは事実だ。ごめん」

苦しそうにくぐもった声が落ちてきて、私は彼のシャツを握り締める。

「そうです。影響を与えるほど大きな存在だった……今も同じ」

たった一、二カ月……週に一回会う程度の関係だった。それが気づけば彼の存在は大きくなっていた。自分でも驚くほどに。

視線を交わらせ、どちらからともなく瞼を伏せて口づける。初めて触れるわけでもないのに、信じられないほど心臓の音が全身に響いている。

「……えっと、その、ほんとに気にしないでください。結果的に、離れててもまた会えたわけですし」

こそばゆい雰囲気をごまかすために、次々言葉を並べる。

由也さんと一緒にいると、彼を想う気持ちがどんどん大きくなっていく。特に今、急激に〝好き〟が増えた気がして冷静さを保てない。

このまま抱き合っていたい。だけど、ドキドキしすぎて苦しいくらい。

ひとりせめぎ合っていると、ふっと彼の腕が緩んだ。ほっとするような、残念なような複雑な感情を抱き、そろりと顔を見上げる。すると、左頬に大きな手を添えられた。瞬間、触れるだけのキスが落ちてくる。

彼はキスの間に両手で顔を優しく包み込む。ゆっくり唇を離していった後、私の両目を見つめて言った。

「俺は医師だし、科学的根拠がないものは基本頼ったり信じないんだけど……君とのことに関しては神に祈りもしたし、運命を感じてる」

自分だけを映す曇《くも》りのない瞳。どこか柔らかな表情だけど、奥底にある熱情も感じられて胸を焦《こ》がされる。

「由也さんて、こんなに――」

無意識に口からついて出たものの、途中で理性が働いてやめた。が、彼から「なに？」と続きを急かされる。

私は彼の視線に弱い。見つめられると動悸がするし、身体も火照って頭の中が彼でいっぱいになってしまう。最後には逆らえなくなって、彼の魅力に落とされるのだ。

「こんなに……甘い言葉をささやける人、だったんですね」

大人になった由也さんはクールな雰囲気こそ変わっていなかったが、ふたりきりになれば明らかに違っていた。

「お、大人になって変わったなあって」

「多分そうじゃない。君が特別なだけ」

臆面《おくめん》もなく耳元で甘くささやいては、妖艶《ようえん》な笑みを浮かべる。

恋人になった由也さんの言動は、恋愛初心者の私には威力《いりょく》がありすぎる。これ以上は心身ともに持たない。

あたふたする私に、彼は追い打ちをかける。

「言えなかった想いが積もっていって、伝えずにはいられないんだと思う。要するに、年甲斐《としがい》もなく浮かれてるんだ」

破顔《はがん》する彼に愛しささえ感じ、胸がきゅうっと締めつけられるのを感じながら、重なる体温に酔いしれた。


翌日は遅めの起床ののち、由也さんの家でゆっくり過ごした。

前日まで仕事が立て込んでいた彼を気遣って、私がそう提案した。

一緒に食事を作ったりコーヒーを飲みながらテレビで映画を眺めたりしていると、あっという間に時間が経っていく。私は今日、三時の新幹線で帰る予定だ。

由也さんが車で駅まで送ってくれると言うので私はお言葉に甘えることにして、帰る支度をしていた。

「忘れ物はない？」

「はい。元々荷物少なかったので大丈夫です」

バッグひとつ持って返事をする。由也さんが車のキーを手にして玄関へ足を向けたとき、インターホンの音がリビングに響いた。

「誰だろう……えっ」

由也さんがモニターを覗き込んだ瞬間、声を上げる。

彼が動揺するのを見て、私は首を傾げた。

「もしや朋也さんですか？　この間話してましたもんね、予定を空けてほしいって」

以前聞いた話を思い出した。が、彼の硬い表情を見て違うと察する。

不審に思って、私もモニターへ一歩近づいた直後。

「――いや。朋也じゃない。堂本先生だ」

「え？」

名前を耳にした瞬間、忘れていたざわめきが蘇る。

小さなモニター画面には、確かに堂本先生の姿が映っていた。

「どうして……」

「大方、祖父さんが電話番号と一緒に住所も教えたんだろうけど……ああもう。勝手なことを」

由也さんは不服《ふふく》そうにブツブツと不満を漏らしている。どうやら、彼のお祖父様はかなり強引な人のようだ。しかし、本当に気になるのは、なぜ堂本先生が自宅を知っているかではなく、なぜ彼を訪ねてきたかだ。

由也さんは深い息を吐いた後、こちらを振り返る。

「ごめん。対応してもいい？」

「あ、はい。もちろん」

私が了承すると彼はボタンを押し、「はい」と応答する。

『あっ。よかった、いた〜。堂本です』

「あの……なにか？」

『んー、思い立って来てみただけ。あ、心配しないで。急に来て部屋に上げてとは言わないから。ロビーで待ってるわ』

「ちょっ、堂本先生⁉」

あからさまに迷惑そうに対応をしても、彼女は特に気にも留めなかった。一方的に捲し立て、インターホンを切ってしまった。

一部始終を見ていて思わず絶句していたら、由也さんも同様だった。「嘘だろ」とひとこと零して項垂れる彼に、どう言葉をかけるべきかわからない。

疑ってはいない。だけど、不安を感じるのは理屈じゃない。困惑するなっていうほうが無理な話。

「駐車場は地下だから、彼女と顔を合わせずに出ることはできなくはないが……」

「それはさすがに」

「わかってる。一瞬思っただけ。ちゃんと対応はする」

由也さんはまたしてもため息を吐き、首の後ろに手を回して重そうに口を開く。

「あの人、この間もそうだった。マイペースすぎる。その分、こっちもあんまり気を使わなくてよさそうだなんて、軽く考えすぎだったか……」

「あの……この間……話はしたんですよね？」

できれば聞きたくなかった。単に確認しただけでも、相手からすればあからさまに疑心を抱いているみたいだもの。

「言った。相手が千夏だとまではわざわざ伝えなかったが、将来を見据えて付き合っている女性がいるって」

それでも彼は、揺るぎない瞳ではっきり言い切る。疑う余地はないのに私ときたら、彼女が訪ねてきた事実にどうしてもモヤモヤを払拭できずにいる。

「でも……うちの院内で噂が」

私は恵さんから聞いた話を思い出して、つい口を滑らせた。由也さんは相当驚いた様子で、目を剥いて数秒固まっている。

「……噂？　まさか俺の？　どんな？　っていうかなんで」

「私にもよくわかりません。ただ……小泉先生が電話で話していた内容から噂されてたようでした。確か、遊馬先生と同じ外科医の人なら公私ともに支えてもらえていいね……って会話をしていたとか……」

「ちょっと待って。それ、電話の相手は俺だ」

由也さんは額に手を当て、眉根に皺を作りながら答えた。

すんなり話が通じたということは、恵さんから聞いた小泉先生の発言は事実なんだ。

でも真相はまだわからない。

なぜそういった会話になったのか聞き出そうとした矢先、さっきとは別のコール音が鳴り始める。由也さんはすぐさまインターホンのボタンを押し、応答した。スピーカーから聞こえる声は堂本先生ではなく男性。会話の内容を聞いたら、どうやら相手はマンション駐在のコンシェルジュみたいだ。

由也さんは通話を終えて、忙しなく玄関へ足を向けて言う。

「ごめん。話は後で。とりあえず俺は下へ行くから、千夏は先に駐車場に行っ……」

「あの！」

思わず由也さんのシャツの裾《すそ》を掴んだ。目を丸くする彼に気づき、慌てて手を離す。

「なに？」

優しく問いかけられ、私は数秒迷ったのちに、彼をまっすぐ見て言った。

「一緒についていって、私が由也さんの相手ですって説明するのは……やっぱりダメですか？　由也さんの印象が悪くなるかな……」

気持ちが晴れないなら、ひとりで抱え込むより一歩踏み出して当事者になったほうが早い。

「いや、俺は痛くも痒《かゆ》くもないけど千夏のほうが」

「私、今逃げてあとで不安になるより、ちゃんと堂本先生とお話ししてすっきりしたほうがいい気がして」

付き合い始めたのはまだ最近で日が浅い。比べて相手は由也さんのお祖父様のお眼鏡《めがね》に適《かな》った外科医。誰の目から見ても不利なのは私のほうだ。

彼は憂慮《ゆうりょ》している私に手を伸ばし、頭を自分の胸へと引き寄せた。旋毛に鼻先を埋め、悔しそうに零す。

「不安にさせてたんだな……。気遣いが足りなくて悪かった」

この手と声がこの場凌ぎだとは到底思えない。

だけど、さっき聞きそびれた噂話が引っかかって……。

胸がざわつくのを必死に抑えていたら、ふいに額に唇が落ちてきた。顔を上げれば、彼は至極精悍な目をしている。

「あの人がなにか突拍子のないこと言ったとしても、そこに俺の真実はないから」

触れられたところが熱を持ち、心音が大きくなる。

「行こう」

私が小さく頷くと、ふたりで部屋を出てエレベーターに乗った。

ロビーのある一階で降りた途端、フロントから声が聞こえる。どうやら堂本先生がコンシェルジュと話しているっぽい。

私は徐々にまた緊張が戻ってくるのを感じつつ、由也さんの後をついていく。

「あ、遊馬先生。ほら、言った通りでしょう？　私、怪しい人物じゃないですって」

「すみません。間違いなくわたしの客人です」

由也さんがコンシェルジュに会釈をして言うと、コンシェルジュも頭を下げた。

「左様《さよう》でございましたか。大変失礼いたしました」

「今のマンションってセキュリティがしっかりしているんですね。これまで縁がなかったから知りませんでした。お勤めご苦労様です」

堂本先生は憤慨《ふんがい》することもなく、ニコッと笑った。

「堂本先生。急に訪ねて来られるのはちょっと」

由也さんにやんわり伝えられた彼女は、長めの前髪を掻き上げて言下に返す。

「事前に連絡して許可を取ってって作業、仕事だけで十分疲れるから。それに、私たち外科医は約束したところで呼び出されるなんてざらにあるでしょう。お互いタイミングが合ったときが約束ってことでいいじゃない？　ところで、あなた」

瞬間、彼女はタイミングを窺っていた私に怜悧な目を向けてくる。

覚悟を決めてついてきたのに、いざとなったら瞬発力に欠ける。まるで学生時代のソフトボールの試合開始直後だ。

「ええと、ほらOTの。先週お会いしましたよね？」

「は、はい。佐々です。こんにちは」

上品に口角を上げる堂本先生を前にして怯みそうだったけれど。どうにか返事をして深く頭を下げた。すると、頭上に彼女の揶揄《やゆ》するような声が落ちてくる。

「なるほど―。やっぱりかぁ」

ゆっくり顔を上げ、再び瞳に映った彼女は穏やかな笑みをたたえていた。

一体どんな心情からくる笑みなのかわからず、狼狽える。

「遊馬先生の言う彼女って薄々あなたかなぁと思っていたので。デートですか？」

縁談を由也さん本人から即破談にされた彼女にとって、その理由である私は面白くない存在のはず。だからこそ、彼女の笑顔の意が量れなくて怖い。

「いえ、私は帰るところで……」

「もう？　あ、そういえば福島でしたっけ？」

堂本先生は腕時計に目を落として言った。私は気さくに話しかけてくる彼女に翻弄されるばかり。

そのとき、由也さんが私を遮るように身体ごと割り込んでくる。

「彼女を送るので、すみませんが急ぎの用ではないのならこれで」

「送るって福島まで？」

堂本先生はあえてなのか、素っ気ない由也さんではなく私に向かって質問してくる。

当然、私は彼みたいに冷たくあしらうことはできない。しどろもどろになりながら答える。

「いいえ、駅までで……。さっき堂本先生が仰った通り、遊馬先生も急な呼び出しがあるかもしれませんから」

「そうよねぇ。あっ。だったら私も今車で来てるし、すぐそこに停めてあるから乗せていってあげましょうか」

「えっ」

思いがけない申し出に驚倒する。遠くに焦点を合わせると、エントランスの大きなガラス越しに流麗《りゅうれい》なデザインの赤いスポーツカーが見えた。それはなんとなく彼女のイメージに合った車だった。

「遠慮しなくていいわよ？　私、あなたとも話してみたいし」

「わたしが車を出すので結構です。お気持ちだけいただきます」

即座に固辞《こじ》したのは由也さん。彼女が踵を返す前に言い切って、私の腕を掴んでエレベーターホールへ向かおうとする。

「そう。残念。車は地下でしょう？　さっき車を停めたときに入り口が見えたから」

彼女は相変わらず微笑を浮かべていて、終始余裕だ。堂々としている様《さま》に、恐怖心を通り越して惹きつけられる。

「そうですが」

「じゃあ彼が車を持ってくる間、佐々さんはここで待ってましょうよ。ね？」

由也さんが答えるや否や、堂本先生は私の腕に絡みついて距離を縮めてきた。

私も由也さんも唖然として彼女を凝視する。

「それとも、私とふたりきりだとなにか不安でもあるかしら？」

絶対君主みたいな彼女の存在感はすごくて、逃げられる気がしない。……ううん。

そもそも私、真正面から角《つの》突き合わせる覚悟を決めてここに来たんじゃない。

当初の心構えを思い出した私は、自ら堂本先生側についた。

「そんなことないです。由也さん、私はここで待っていてもいいですか？」

私の判断に由也さんは不安があるのか言葉に詰まっている。

しかしこの流れで堂本先生の誘いを断り、彼についていくのはあまりに印象がよくない。彼と堂本先生は仕事上繋がりを持つ可能性は十分ある。現段階ですでに彼女は縁談を断られているし、これ以上恥をかかせるわけにはいかない。なにより、根本的《こんぽんてき》な解決にならないと踏んだ。

神妙な面持ちをしている由也さんを見て、堂本先生は声を上げて笑い出す。

「やだなぁ。私そんなに怖い？　彼女をとても大事にしているのはこの間でわかってたけど、こうも敵視されると傷つくわ」

すると、由也さんは私の言葉を渋々受け入れ、ぽつりと返す。

「すぐ戻りますから」

私たちに背を向け、足早に地下駐車場へ向かう由也さんを見送る。刹那、堂本先生に軽く腕を引っ張られた。驚いて彼女を振り返ると、屈託ない笑顔で奥を指さす。

「ねぇ。向こうにソファあるから、あそこに移動しましょ」

「は、はい」

言われるまま移動してひとり掛けソファに座り、綺麗に磨かれたガラス製のテーブルを挟んで彼女と向かい合う。

自ら選択したこととはいえ、いきなりふたりきりになるのは想定外。いざふたりになって、なにを話せばいいのかわからなかった。完全に彼女にペースを握られている。

ちらっと正面に座る彼女を窺うも、にっこりと微笑み返されるだけ。まったく彼女の考えが読めない。

緊張がピークに達しそうになったとき、堂本先生は優雅《ゆうが》に足を組んで質問を投げかける。

「佐々さんて、向こうの人？」

「いえ、実家は今もこっちに……。就職先が福島に決まって家を出たので」

途端に堂本先生は眉を顰める。

「んん？　東京にいたけど仕事でわざわざ福島へ？　遊馬先生はずっと東京で、確か後期研修を終えてすぐ留学したって聞いたわ。じゃあ、ふたりはいつから？　まさか、あなたが学生のときから付き合ってるの？」

私は鋭い指摘にどぎまぎしつつ、ぽつぽつと答えを返す。

「ええと……知り合ったのは学生の頃で、お付き合いは……帰国されてから」

「帰国した後!?　なら、つい最近じゃない」

彼女が大きな反応を見せるのは初めてで、思わずこちらもびっくりしてしまう。

堂本先生はソファの背もたれに寄りかかり、肘《ひじ》かけに頬杖をついて零した。

「驚いた。学生時代から続いてたとしてもびっくりだけど、真剣な顔して『将来を考えてる相手がいる』って言われたし、まだそっちのほうが納得できたわ」

納得いっていない雰囲気の彼女を見て、思い切って核心に触れる。

「あの、堂本先生は遊馬先生のこと……」

『好きなんですか？』と喉元まで出かかったのに、最後までは言えなかった。もし肯定されれば、どうしていいかわからなくて。

「単純に興味がある」

彼女の回答に拍子抜けした。

私の想像では、好きか、そういう対象として見ていないか。ざっくりと分けて二択で返事が来ると思い込んでいたから。

でも彼女の答えは逆にリアルで、一気に不安が押し寄せる。

「彼、留学してたでしょ？　いろいろ聞きたいことがあるし」

興味があるのは同職だから——仕事の延長でなのだと胸を撫で下ろすのも束の間。

「あとは、遊馬先生は淡々として見えて、気遣いができる人間だと感じたの。それってめずらしいのよねぇ。医者って自分が一番って男が多いから。まあ、私の周りだけなのかもしれないけど。佐々さんのところの医者はどう？」

「えっ。うちは特に……。皆さん親切で楽しい方ですが」

「そうなの。それはなにより」

ニコッと笑う堂本先生の好意的な態度からは、裏を感じない。つまり、私に敵対心を向けてはいないらしい。そうなると、なおさら彼女の気持ちがわからない。

「ま、世の男性ドクターに申し訳ないからフォローしておくと、ちょっと変わってる医者って案外仕事はできるのよ。そこいくと、遊馬先生って効率重視っぽいけど、きちんと相手を優先するみたいねぇ。態度はクールなのに、実はちゃんと考えてくれてるってポイント高いわ。しかも仕事の評価も高い。貴重な人材ね」

由也さんに興味津々な彼女を見ると焦慮に駆られる。

困惑する私などお構いなしに、彼女は話し続ける。

「この間の顔合わせも、うまくごまかして破談に持っていくんじゃなくて正面切って真摯に頭を下げる姿勢とか、好印象だったのよ。私、同情とか哀れみの優しさって嫌いだから」

自分の恋人が高い評価を受けているのに喜べない。複雑な心境に陥る。

「あとあの日、佐々さんといるときに鉢合わせしたのに、あなたを恋人と言わなかったのも機転が利いてたわよね」

「え……」

「あら？　もしかして気づいてなかった？」

堂本先生の笑みと知的に感じる落ち着いた声に、どんどん追い込まれていく。

彼女は私の目の前にまず人差し指を立てて見せた。

「縁談の相手である私に、あなたの前で気まずさや恥をかかせないようにしたのがひとつ。そして、私があなたに対してどんな感情を抱くかわからないから、守るためにあっさりとした紹介で終わらせたのがもうひとつ」

私は彼女の二本目の指が立ったのを見つめ、じわじわと羞恥心が湧いてくる。

あの日。東京駅で遭遇した際の由也さんの対応には、違和感を抱いていた。単なる古い知り合いと紹介されて衝撃と不安を感じ、理由はきちんと考えて納得したものの、私のためでもあったとは気づきもしなかった。

聡《さと》い彼女を前に、自分はなんて視野が狭いのかと深いショックを受ける。弱気になれば卑屈な心も顔を覗かせてしまって、自分でもコントロールがきかない。

気がつけば深く俯き、手のひらに爪が食い込むほどきつく拳を握り締めていた。

その矢先、私はさらに追い打ちをかけられる。

「佐々さん、もうすぐ三十とかそのくらい？　だったら当然、将来を考えるわよね？　付き合ってる相手が医者って、勇気あるわね」

「……はい？」

「あ。嫌味じゃないの。ただ一医師家系の娘のぼやきとして聞いて」

相変わらず彼女から悪意は感じられない。だからこそ、話をしていて苦しくなっていく。堂本先生の言葉は、客観的かつ的確だから。

「医者——特に代々跡を継いでるような医師家系を持つ医者って、風習《ふうしゅう》じゃないけど次の世代へ繋ぐ使命みたいなのを背負わされがちなの」

瞬間、堂本先生の目の色が変わった。頼りがいのあるひとりの医師といった雰囲気が滲み出ていて、彼女のカリスマ性に否が応でも惹きつけられる。

「ただでさえ夫が外科医って言えば、世間から羨望《せんぼう》だけでなく嫉妬もされるでしょ？配偶者になればどこが優れているか常に批評されては粗探《あらさが》しされる。さらに子どもができたとなれば親や親族から大きな期待がかけられるでしょうね」

聞きやすい音程と速度、凛とした顔つきを目の当たりにして、一瞬担当医師に傾倒《けいとう》する患者の心境になった。

堂本先生は言葉の間を作り、こちらをジッと見つめ、数秒後再び口を開く。

「男の子か、女の子か。成績は優秀か、その子どもを医者に育て上げられるのか」

彼女の声が脳内で反芻される。いつの間にか頭の中は真っ白になっていた。

正直、由也さんとの将来を考えるところまではまだ行きつかない。付き合い始めたばかりだし、結婚を匂わせる発言はあってもプロポーズとはまた違うニュアンスで言われたと思っていたから。

私は密かに彼の気持ちをただ喜んでいた。その先のことなど考えもせず……。

「誤解しないでね。悪戯にあなたを怖がらせたくて話したわけじゃないわ。そういう現実を知らないまま過ごしていってつらくなるのは佐々さんかと思ったから」

堂本先生は苦笑を零し、遠くを見つめる。

「実は私もねぇ。うちは昔と比べて医療現場だけじゃなくて病院経営のほうでも力をつけてきちゃってるから、親族からのプレッシャーがあるのよね」

「それって……」

「うん。まぁ婿《むこ》養子的な？　もしくはうちの経営にプラスになるような、対等な大病院の後継者……とかね。いろいろあるのよ」

半ばあきらめている様子の堂本先生に、私ではなにも言ってあげられなかった。

「あ。彼、来たみたい。さすが早いわね。余程あなたが心配みたい。いえ、私を警戒してるだけか」

堂本先生の視線を辿《たど》っていくと、エントランスのガラス越しに白い車が止まるのが見えた。由也さんが車から降りて自動ドアをくぐってくる。

気づけば彼女はすでにソファから立っていて、ふいに私の肩に華奢《きゃしゃ》な手を置く。

「どういう判断を下すかはもちろんあなた次第。だけどその選択が別々の人生を歩くことになったとして、もしも私と遊馬先生に縁があったときには受け入れてね」

パッと顔を上げて彼女を見ると、気品を感じられる笑顔を向けられた。

硬直して立てずにいたら、由也さんが合流する。

「遊馬先生、今度〝縁があれば〟一緒にドライブでも行きましょう」

堂本先生の声を聞くだけで足が竦む。彼女を恐れて……などではなく、彼女に教えられた現実の重さに身動きが取れなくなっていた。

「それは承諾できかねます」

「予想通り、つれない返事ね。それじゃ」

由也さんは一貫《いっかん》してクールな態度を取っているが、やっぱり堂本先生は動じない。

私はヒールの音が遠ざかっていくのがわかっていても、まだ立ち上がれなかった。

「千夏？　大丈夫？」

「え？　あ、はい」

慌てて立ち上がり、余計な心配をかけないよう笑顔を作って取り繕う。しかし、さすがに気持ちまで完全に立て直すのは難しくて、由也さんの顔を見ず視線を下げたままエントランスへ足を向けた。

外に出て、気分を一転させるべく明るい声を出す。

「由也さんの車、なんていうか大人っぽいですね」

堂本先生の若者が乗っていそうな赤い車はとても目立ってカッコいい！　と思わず感嘆の声が漏れるものだったけれど、この車は色もシンプルな白なのもあってシックな印象を受けた。

意識して口角を上げて振り返るも、目線は彼の鼻梁《びりょう》で止まってしまう。

「あんまり乗る機会ないんだけどね。でも俺も結構気に入ってるよ」

「ああ、ここから職場は目と鼻の先ですもんね。歩いて行けちゃうかあ」

私は動揺を感じ取られないようさりげなく視線を戻し、車を隅々まで眺めた。

「うん。さ、乗って」

由也さんが助手席のドアを開けてくれ、私は恐縮しながら「失礼します」と車に乗った。車内はクラシカルなデザインで、色味もダークブラウンとブラックのコンビネーション。ゆっくり身体を沈めたレザーシートは、座り心地が最高だった。

しかし心は影を落としたまま。どうやっても、気持ちを切り替えられない。それほど彼女の忠告が重かったのだと受け止める。

車が動き出した後も、ぼんやり景色を眺めながら堂本先生の言葉に囚われ続ける。

「彼女となにを話してた？」

フロントガラスのほうを向いている由也さんの横顔を一瞥し、再び視線を落とす。

少し時間を空けてから、意を決して話した。

「医師家系の人と一緒になるのは大変だ……って」

「は？　なんでそんなことを千夏に」

彼は瞬時に苛立ちを露わにする。

「多分、私の立場を考えて助言してくれた……的な」

「余計なお世話だろ。あぁ、やっぱりさっき千夏も一緒に連れて行けばよかった。俺のミスだ」

第三者が聞けば、単純に余計なお世話以外なにものでもないというのもわかる。でも当事者の私は、彼女から妬《ねた》みや僻《ひが》みなどのネガティブな感情を感じなかったからか、邪険《じゃけん》に扱うのも気が引けた。

「いえ。私があの場に残ると決めたわけで……。それにちゃんと知っておくべきことだったとも思うので……。堂本先生はなにも悪くないです」

堂本先生を思い出すと、ルックスも立場もそれぞれの家庭環境も由也さんとお似合いだなと考えてしまう。

だけど、この劣等感《れっとうかん》からは逃れられない。逃げてはいけない。

彼と一緒に居続けるというのは、そういうこと。

「……千夏。今なにを考えてる？」

彼の声で我に返り、無意識にバッグを抱きしめて俯いていたのに気づく。さらに手にじわりとした汗を握り、肩には力が入っていた。

「やっぱ、このまま福島まで……」

「ダ、ダメです！　そんなの、こっちに戻ってきたら何時になるんですか。当初の予定通り、東京駅までで十分ですから」

「東京駅までって、話を聞く時間が足りないだろう」

緊迫した空気になりかけて、私は一度深呼吸をした。そして、ゆっくり話すのを意識して口を開く。

「考えてたのは明日からの仕事についてです。堂本先生の件は、きちんと一意見として受け止めましたので大丈夫です」

本当は違う。きっと由也さんも勘づいている。なのに、彼はなぜか口を閉ざして運転に集中していた。

私は内心ビクビクしながら、流れる景色を目で追う。そのうち、道を歩いている人たちに意識が向いて、ぽつりと言った。

「浴衣《ゆかた》の人がちらほら……ああ。この時期は夏祭りや花火大会がありますもんね」

「そうだな」

当たり障りのない話題に、ひとことでも反応が返ってきてほっとした。とはいえ、十分まだ微妙な空気で到底、隣の彼を見ることはできない。

「浴衣に花火、か。いいですね……風流だなあ」

間を埋めるための私のひとりごとを最後に、車内は微かに音楽だけが流れていた。

それから十分程度で東京駅に着いた。

由也さんは駅近くのパーキングに車を預け、改札口まで見送ってくれる。

ようやく由也さんと正面から向き合い、頭を下げた。

「わざわざ駅構内までありがとうございます」

「……いや。気をつけて。着いたら連絡して」

「はい。じゃあ、また」

姿勢を戻して微笑みかけると、彼も「また」と笑顔を返してくれる。私は堂本先生との話に心が囚われているのを最後まで押し隠し、背中を向けて改札をくぐった。

新幹線の中で噂について聞きそびれたことを思い出し、浮かない気持ちで福島へ帰った。

数日が経過した。

月曜日以降、私はスマートフォンで撮《と》ったミニブーケの画像から元気をもらって仕事に向かうのが日課になっている。しかしここ数日はその元気もいつの間にかすぐ萎《しぼ》み、無意識に重い息を吐く始末。原因は言わずもがな、先週末の出来事だ。

由也さんとのふいうちの再会から、すれ違っていた過去の誤解が解け、初恋が実ったことで舞い上がっていた。なにも見ていなかった。気づかなかった。

彼はいつも広く周りを見て、深く考えてくれているのに。

私は〝今〟しか頭になかった。その先に待ち受けている問題なんて想像もせず、当たり前に穏やかな日々が続くと信じて疑わなかった。

自分の浅はかさと弱さを突きつけられ、完全に臆病になっている。

未だ宙ぶらりんの噂の真相や堂本先生との一件については、メッセージや電話で話すのはやめておこうと勝手に決めて、彼にもそう提案をしてしまった。

メッセージや電話は多忙な彼にとって負担になると思ったし、私も限られた時間内で話が終わらず半端《はんぱ》になるのを避けたかった。あとは自分の気持ちを整えるのに時間がほしかったのもある。そうして《私は次会うときで大丈夫ですから》なんて強がってまで予防線を張った。

直接会わずに話をして、もしも拗れてしまったらもう彼に会えなくなる。だったら、次に会うまでモヤモヤして苦しくても、修復できる可能性が高いほうを選びたかった。

ちゃんと顔を見て話をするのが一番複雑にならないと思ったから。

すると、由也さんも私の提案を退《しりぞ》けてまで強引になりたくなかったためか、わりとあっさり受け入れてくれた。加えて今週は仕事が忙しかったのか、彼からの連絡はいつもより少なめだった。

昼休憩を終えて病棟へ向かう道すがら、無意識に丸めていた背中をポンと叩かれた。

「ちょっとちょっと。佐々さん、どうしたの？　見るからに元気ないけど。まさか例の噂でまだ落ち込んでる？」

びっくりして振り返ると、そこにいたのは恵さん。

噂が原因ではないと言い切れないあたり、思った以上に堪えている。だからといって、職場でプライベートの感情を引きずるのは問題だ。

「いえ。すみません。なんでもないので……気をつけます」

「いやいや。なんでもない？　嘘でしょ。週明けからずっとそんな調子だから、気になっちゃって」

私の様子がおかしいと気づいて心配してくれる先輩がいて、ありがたい反面不甲斐《ふがい》なく思う。

もっと恵さんみたいに……由也さんのように、相手を慮《おもんぱか》れる人でありたい。自分の気持ちだけを追いかけるだけじゃなく、視野を広く持って。相手に優しく、かつ自分の気持ちにも正直でいられるような言動を自然と取れるように。

「恵さん……気持ちの整理がついたときは、話を聞いていただけますか？」

未解決の問題に決着がつき、心の中の靄が晴れた暁《あかつき》には、きちんと自分の口から彼との関係を報告したい。

恵さんは私の願い出に目をぱちくりさせる。そして、私の腕に手を絡ませ、身体を引き寄せた。

「もちろん！　力になれないかもしれないけど、聞くことはできるから！」

恵さんの笑顔に元気と勇気をもらう。私は「ありがとうございます」とお礼を伝えたら、なんだか前に進める気がして笑顔が戻った。

その後、回診から戻った私は、「よし」と気合いを入れてリハビリテーション室へ入る。次の瞬間、明るい声が飛んできた。

「あ、千夏姉ちゃん！」

「春季くん！　こんにちは。頑張ってる？」

「うん。もうすぐ今日のリハビリは終わるよ」

春季くんの笑顔は子どもらしい無邪気さの奥に、大人顔負けの屈強《くっきょう》な心を感じられて、私も頑張ろうっていつも思わせてくれる。

「頑張って。でも、無理はしないでね」

私は春季くんを激励し、一度スタッフルームへ入った。電子カルテを確認していたら、受付から電話がきて応答する。

「リハ室です。はい……わかりました。失礼します」

内線での用件は、ちょうど私が午後一番に担当する予定だった患者から、今日のリハビリテーションを延期してほしいと連絡がきたという報告だった。

一単位分の時間が急遽《きゅうきょ》空いたな。その次の準備をしておこうか……。

頭の中で仕事の流れを考えつつ、カルテや計画表などを広げて調整をし終えた後、リハビリテーション室へ戻った。ドアを開けたら、ちょうどリハビリテーションを終えたらしい春季くんがやってくる。

「あ、春季くん。終わったかな？」

「終わったけど、お母さんが先生になんか紙を渡し忘れたとか言って行っちゃったから待ってる」

「そっか。あ、ここ座って待ってたらいいよ」

近くにあった椅子を持ってきて春季くんに差し出す。春季くんが「ありがとう」とおもむろに座るのを見て、はたと思い出す。

「あっ。そうだ。この間はトマトありがとう。すごく美味しくてびっくりしちゃった」

「そうでしょ。来年もまた作ろうと思ってるんだ」

もらったトマトを由也さんと一緒に食べた光景が頭に浮かぶ。

春季くんのトマトはちゃんと遊馬先生にも渡せたんだよ、って伝えれば絶対喜ぶよね。でも、私と彼との関係を小学生の春季くんにどこまでどう伝えるのがスマートなのか……。

私がひとりで悩んでいると、その間に春季くんは話を進めてしまう。

「あのね。次のお父さんの休みの日、グローブ見に行くんだ。手術前に約束してて」

「わあ！　よかったねえ！」

一緒に喜ぶと、春季くんは声を弾ませる。

「千夏姉ちゃんと会って、やっぱり欲しくなったんだ。そうだ。バッティングセンターって行ったことある？　この前初めて見て、面白そうだなって思ったんだ」

「あ、もしかして病院出て右の方向に進んだところの？　よく行ってるよ」

「へえ。やっぱり行ったことあったんだ。いいな。僕が今できなくても、せめて今度千夏姉ちゃんがボール打ってるとこ見たいな」

春季くんのなにげない言葉をきっかけに、由也さんと一緒に白球を打った時間が脳裏に蘇る。

あの頃はまだ本音を秘めたままで、傷つくのが怖くて逃げていたとき。それでも、バットを振って身体を動かしていくうちに、多少気持ちは解れていた気がする。

「ボールのスピードって調整できるの？　僕も打てるようになるのかな。打ってみたいな」

はっとして目の前の春季くんに意識を戻し、膝を折って微笑みかける。

「基本を掴んで練習を続ければ打てるよ」

「基本かあ。僕、頭で考えてたら全然動けなさそう」

春季くんが難しい顔で零すものだから、なんだか可愛くてクスクスと笑ってしまう。

「そのうち頭で考えなくても身体が勝手に動いてくれるよ」

「そっか。なんでも難しいこと考えないで夢中なときのほうがうまくいくもんね」

パッと明るい笑顔で返された春季くんの言葉が、ふいに胸に刺さる。

私、ひとりで悪い方向に考えて問題を難しくして……また逃げてる。

考えないで夢中になったほうがうまくいく……。

「あ、こんにちは。お世話になってます」

「こんにちは」

横から入ってきた春季くんのお母さんの声で我に返り、会釈をして挨拶した。

十数分後には私が担当するリハビリテーションの患者がやってくる。春季くんに由也さんとのことをゆっくり説明する時間もなさそう。職場ではやっぱり落ち着いて話せないし、次に公園で会ったらにしよう。

「お母さん来たね。じゃあ、気をつけてね」

「うん。じゃあね」

春季くんと手を振り合い、仕事に戻る。

私はなんだか春季くんと交わした言葉をきっかけに、シンプルに自分の気持ちと向き合えた気がした。


定時になった後も、スタッフルームで事務作業をしていた。

ふとデスク上のスマートフォンに視線を落とす。スッと手に取り、誕生日に贈ってもらった黄色の花の画像を見つめたのち、連絡先のアイコンに触れる。履歴《りれき》の一番上にある【遊馬由也】の文字を長く瞳に映していた。

最善なのはまず会いに行くことだけだと思ってた。その考えは今も変わらない。ただ、ほかにもできること……しなきゃいけない行動がある。

それは事情説明を求める以前に、今の自分の素直な気持ちを話すこと。

噂を聞いても堂本先生に現実を教えられても、私は由也さんをあきらめられないっていうのを一番に伝えなきゃダメだった。

いざ相手に自分の本音を届けようと決意したものの、浮き足立ってしまう。さながら、チームメイトの期待を一身《いっしん》に受けてバッターボックスに立つときみたいな……。

不安を抱きながらも自分を奮《ふる》い立たせる感じは、まさに現状と同じ心境だった。

けれども今夜必ず電話をかけると胸に誓って、スマートフォンをデスクに伏せた。

空いた手を首元に置いて、ケーシーの下のネックレスを感じる。

よし。とりあえず仕事を終わらせなきゃ。

そうして仕事に集中し、最後の患者のリハビリテーション報告書作成が佳境《かきょう》に入ったとき、隣接したリハビリテーション室に人の気配を感じた。

現在スタッフルームには刑部さんと恵さんがいる。ほかのスタッフはさっき帰っていったはず。だったら誰だろう。安積先生とか？

気になって窓越しに視線を送った瞬間、驚倒した。直後、ノックの音が響いてドアが開く。顔を覗かせたのは小泉先生。

「あ、いた。刑部さん、少しいいかな。患者の術後の話を教えてほしくて」

「小泉先生。……と、確かそちらは」

席を立った刑部さんが小泉先生の次に挨拶をしようとしているのは、スーツ姿の由也さんだった。

なんで……!?　てっきり、もうここへは来ないと思ってたのに!　ふいうちすぎるよ!

「遊馬です。患者の初回の評価表、拝見しました。もう少し詳しく知りたいのですが」

「はい、もちろん。よければ会議室でお話しします」

「急に伺ったのにすみません。ありがとうございます」

時間にして一分ほど。三人が去っていき、スタッフルームは静寂に包まれる。

「え……ちょっ……今の遊馬先生だったよね?　ね、佐々さん、遊馬先生だったよ!」

沈黙を破ったのは恵さん。興奮気味に肩を寄せてきて、何度も袖を引っ張られる。

「は、はい」

「あ、ごめん。佐々さんから話してくれるまでおとなしく待つんだった」

恵さんはそう言って、肩を竦めて苦笑した。

「すみません……。でも本当、びっくりしました」

私がつぶやくと、恵さんは「うんうん！」と全力で同意してくれる。それから彼女は言葉通り詮索や意見などせず、仕事に戻った。私も業務に意識を戻そうとパソコンに向かうも、やっぱりすぐには動揺を抑えられない。

スタッフルームを訪ね、会議室へ行くまでの流れで、彼は一度もこちらを振り返らなかった。以前までなら一瞬でも目が合っていた気がする。もしかすると、もう関係修復は手遅れなのかもしれない。

このまま、また過去みたいに、疎遠になっていくの……？

疑問を抱くと同時に焦りを滲ませる。

私はケーシーの上からネックレスを、きゅっと掴んだ。

いや。昔と同じにはならない。結果はどうあれ、今の私は自分の気持ちをちゃんとわかってるから。

それから黙々と手を動かし、資料を作成し終えてから急ぎ職員玄関を目指した。

すでに手にはスマートフォンを握り締めている。外に出るや否や、私はスマートフォンのロックを解除した。

由也さんは数十分前まで院内にいた。今、連絡をすればきっと彼を捕まえられる。

急く気持ちで電話をかける。

私の頭の中は、夕方までずっと考えてきた綺麗に纏めた言葉もなにもなくなっていた。

残っているのは彼を引き留めたい気持ち。その一心。

祈る思いで呼び出し音を聞いていたら、四コール目で途切れる。

『――はい』

たったひと声聞いただけで、心が甘く切なく音を立てる。

「もしもし」

『仕事、終わったの？』

「はい。あの、由也さんは今どこに……」

かろうじてまだ青い空を見ながら尋ねると、スピーカーから柔らかな低音が返ってくる。

『いつものとこ』

「いつもの？　え……？　あっ」

閃くとほぼ同時に、電話の向こう側から微かなバッティングの音が聞いて取れた。

「そこで待っててもらえますか？　伝えたいことがあるんです」

『わかった。待ってる』

私は通話を終えるなり、駐輪場へ急ぐ。自転車に跨ると、迷わず走り出した。

仕事終わりで化粧の崩れた顔も、風に煽られて乱れた髪も気にせず、前だけを見て懸命に自転車を漕《こ》ぐ。赤信号で立ち止まる時間がもどかしくて、足止めされた分だけまたスピードを上げる。

バッティングセンターに着いたときには、汗をかいて浅い呼吸を繰り返していた。

自転車を駐輪場に止めて、隣のベンチにいる彼のもとへゆっくり歩み寄っていく。

私に気づいていた由也さんはすでにベンチから立っていた。

「随分早かったな。すごい汗だ。急がなくてもまだ時間はあったの、に……」

私はハンカチで汗を押さえようとしてくれていた彼の手に触れる。睫毛を伏せていき、呼吸を整えて口を開く。

「堂本先生に言われて……私なりに考えてみました」

閉じていた目をゆっくり開け、彼をまっすぐ見つめる。

「うまく話せないかもしれないけど、聞いてもらえますか？」

「うん」

私たちはどちらからともなく手を離し、向かい合う。

私は彼の視線を受けつつ、静かに話を始める。

「私は病院スタッフの一員ではありますが、やっぱりドクターはどこか雲の上の存在で……近いようで遠いなって感覚があります。まして由也さんは立派なご実家がありますし、平凡な家庭で育った私は誰が見ても〝遊馬先生〟には釣り合わない」

「そんなこと……っ」

堪えきれず口を挟んだ由也さんを、私は視線だけで制止する。

彼がぎゅっと唇を噛んで言いたい言葉を飲み込んだのを感じながらも、『冷静に』と自分へ念じて続けた。

「率直に言って難しいと思います。今はよくても、この先を考えたら困難ばかりじゃないかなって」

いつしか手には力が込められていて、手のひらに爪の痕《あと》がくっきりつきそう。

それでも構わず、私は由也さんを見つめ続ける。

「生活している場所も家も立場も違う。私は外科医じゃないから直接的なフォローはできないし、勉強が得意なわけでもないので足手纏いになるってわかりきってます」

こんな率直すぎる答えを彼の前で口に出せば、傷つけるのは十分理解している。もしかしたら、彼の気持ちが離れていくように自ら仕向けているのかも……とも思う。

それでも――。

「それでも私は……そういう現実を受け止めたうえでも、由也さんと離れるって選択肢は一度も出てこなかった」

それぞれいろんな事情や背景がある。だけど由也さんと一緒にいるときは、温度差や距離を感じない。いつでも対等で真っ正直で、ありのままでいられた。すれ違いもあったけど、過去も現在も彼との一瞬一瞬はかけがえのないもの。

「私、唯一根性《こんじょう》だけはあるんです。もう簡単に泣きごとは言いません。だから、これからも一緒にいて……いいですか？」

彼が好きだから、これからも一緒にいたい。

胸の内をすべて吐き出したら、急に落ち着かなくなってきた。

由也さんの顔を窺うと、なんだかちょっと怖い顔をしている気もしてヒヤリとする。

そのとき、正面からぬっと手が伸びてきて、私は咄嗟に肩を竦めて目を閉じた。刹那、力強く抱き寄せられる。

「なに言ってるの。俺は一度も『ダメ』だなんて言ったことないだろ」

接触している部分から徐々に彼の体温を感じる。そして、彼の言葉を反芻していくうち、胸が高鳴っていった。

「俺は仕事を手伝ってほしいとか勉強ができるとか、そういう基準で将来の相手を選んだりしない」

優しい声音を耳に入れ、由也さんの心音を間近で感じる。至極幸せな時間に酔いしれ、もう一度静かに瞼を下ろす。

すると、彼が腕に力を入れてきつく抱きしめた。

「ただ一緒にいたい。毎日必ず千夏を思い出すし、声を聞きたい、顔を見たいって思う。代わりは誰もいない」

切実な想いがひしひしと伝わってくる。広い胸に埋めていた顔をそっと離していき、彼を見上げた。視線が交わった後も、しばらく無言で見つめ合う。

「……でも、お祖父様は」

「大丈夫。ちゃんと納得してもらうよう話すから」

由也さんはふっと柔らかく微笑んで、私の頬を撫でて続ける。

「俺には千夏だけ。千夏以外考えられない。だって俺の心を動かしたのは、ほかの誰でもなく君なんだから」

胸の中で熱く滾る想いは制御できず、目尻に涙を溜める。感極まっているのをごまかすべく、パッと俯いて謝った。

「……不安にさせちゃいましたよね。ごめんなさい」

「まあ、少しだけ」

気持ちが通じ合ってから間もないのに一週間近くもまともに連絡できなかったのは、本当は仕事が忙しいからではなくて、彼も私と同様に危機感を抱いていてぎくしゃくしているのだと不安だったから。

私はさりげなく涙を拭って、明るく振る舞う。

「距離があるんだから、なるべくこんなふうにならないよう気をつけなきゃいけないですね」

「大丈夫だよ。この程度の距離、会おうと思えば会えるんだから。それに近くにいるからって不安にならないわけじゃない。安定と不安は表裏一体《ひょうりいったい》だし、うまく付き合っていこう」

ごく自然に発せられた『大丈夫』の言葉は、すとんと胸に落ちた。

私はようやく心から笑って、「はい」と答えられた。

その後、最寄りのバス停まで自転車を押して由也さんと並んで歩く。

「あ、そうだ。もうひとつ保留してた話があった」

歩きながら由也さんが声を上げた。私は目を瞬かせて考え、はっと思い出す。

「あっ。例の噂の件……」

そうだった。自分の想いを伝えて、受け止めてもらって満たされて頭から抜け落ちていた。それこそもう今さらだし、重要な話ではなくなったけれど、聞いておきたい気持ちはある。

「結論から言うと、あれは小泉先生の思い込みから来る勘違い」

「勘違い……？」

「小泉先生は堂本先生のお父さんと元々交流があったらしい。それで小泉先生がなにかのはずみで俺の名前を出したら、この間の縁談の話に飛び火して。俺、前に小泉先生の計《はか》らいで店の予約譲ってもらって君と食事に行っただろ。あれが堂本先生とだと勘違いされたんだ。彼女、最近東北《とうほく》の病院訪問が続いてたみたいだから余計に」

あ、確かに堂本先生と初めて会ったのは東京駅だった。いろんな偶然が重なって、小泉先生が勘違いしていたってことだったんだ。

「そういうことですか。それにしても……」

「絶妙な部分を聞かれたもんだ」

思わずふたりで目を見合わせて苦笑した。

気になっていた話がすべて解決したところでバス停に到着し、時刻表を確認する。

「バス、あと十分くらいですね」

おそらく離れ難い気持ちは一緒。しかし、お互い仕事があるから帰らないわけにはいかない。

寂しい気持ちでバスの時刻表を見つめていると、由也さんが私の手を握り口を開く。

「今週末は待機の日があったり、朋也との約束もあったりでちょっと会える日がなさそうなんだけど……その次の土曜は大丈夫だったはずだ。千夏は？」

「確か土曜は半日出勤で日曜は休みだったかと……」

「じゃあ、俺がこっちに来るよ」

「えっ？　でも由也さんは休日でもいろいろすることとかありますよね？」

外科医なら休日でもオペの準備があるだろうし、論文を読んだりする時間も必要なはずだ。移動中に資料を読んだりはできても、身体は休まらないし心配になる。

「来週の土曜までは十日あるし、イレギュラーなことさえ起きなければ十分調整できるから」

「でも……あっ」

彼を心配する傍《かたわ》ら、ふとあることが頭を掠め、顔を上げた。

私は由也さんを見て言う。

「あの。やっぱり次は私がそちらへ行ってもいいですか？」

「え？　いや、構わないけど……いいの？　千夏ばっかりで」

目を丸くする由也さんに、私は一度頷いた。

「用事を思い出しました。その日はちょっと寄り道してから行きます。終わったら連絡しますね」

十日後。

私は堂島総合病院の前にいた。

由也さんに話していた私の『用事』はここにある。

堂島総合病院の名前は知っていたものの、実際に訪れるのは初めて。

私は少し緊張しつつ、正面玄関を目指して広い敷地内に足を踏み入れた。玄関前のロータリーには一台のタクシーが待機している。

タクシーとの距離が近くなったとき、玄関の自動ドアが開いて人が数人出てきた。

なにげなく目を向けると、そこには偶然にも私が会いに来た理由である、堂本先生の姿があった。

どうやら看護師と一緒に退院する患者の見送りに出てきたみたい。黒く艶やかな髪をひとつに結《ゆ》ってピンとした白衣を着ている彼女は、やはり様になっていてカッコいい。

私は大きな柱の陰に引っ込み、堂本先生が患者と別れるまでを見届けた。タクシーが走り出し、敷地を後にしていったのちに踵を返す彼女を慌てて追いかける。

「あの！」

堂本先生は振り返るなり切れ長の目を大きく開いて固まった。

「え？　佐々さん？」

「よかった、いらっしゃって。もしかしたらいないかもとダメ元で来たので」

彼女はそばの看護師に一度身体を向ける。

「私の知り合い。先に戻っていいわ。あ、五〇一の陣内《じんない》さん、血液データ回復してたら点滴止めといて。よろしく」

堂本先生が指示すると、一緒にいた看護師は「わかりました」と去っていく。

「どこかに移動する？　と言っても、そんなに時間は取れないけど」

「いえ。ひとこと伝えたかっただけなので、ここで」

「そう。なに？」

堂本先生は白衣のポケットに手を入れ、単刀直入《たんとうちょくにゅう》に用件を聞いてくる。

いざ彼女を前にすると用意していた言葉がスッと出て来ない。

私はすうっと息を吸い、堂本先生を見据えた。

「私、学生時代はずっとソフトボールをやっていたんです」

急な宣言にさすがの堂本先生も目を白黒させる。私は変に思われても構わないと、強い気持ちで言葉を繋げる。

「昔から大事な局面になったとき、頭じゃなく身体が動くんです。最後は気持ちで押し切るっていうか」

「え、なに？　急に。佐々さんて面白い」

真剣に話をする私に対し、彼女はクスクスとおかしそうに笑った。しかし、次の瞬間茫然とすることになった。

「だから、やっぱり今回のことも……頭で考えて出した答えじゃなくて、心が行けって叫ぶほうに決めました」

心配事がなくなったわけじゃない。ただ自分の気持ちが明確になっただけ。でも進む道がはっきりとした瞬間から、きっと私は強い。

「彼との未来を選びます」

凛とした心持ちで堂々と宣言した。

堂本先生は瞬きも忘れたように私に見入っている。

胸の内を出し切ったら急に落ち着かなくなって、たどたどしく補足する。

「あ、えっと……堂本先生は私に現実を教えてくれた方なので、ちゃんと伝えておきたくて」

彼女はきょとんとしていたが、数秒後には「ふふっ」と堪えきれない様子で笑いを零した。

「そこまで言うなら外科医の妻、やってみたらいいわ。覚悟は決まったんでしょ？」

私は堂本先生を見つめ、口角を上げた。

「はい！」

やっぱり彼女は悪い人じゃない。自分の直感は間違っていなかった。

清々しい気持ちになり、まるで部活の先輩に対するような挨拶を自然と発していた。

ふいに時間差で〝妻〟というワードに引っかかる。

「ん？　待っ……妻って、私まだそんな」

単にこの先の可能性のひとつとして考えただけで、具体的にそうなる実感はまるでない。

あたふたしていると、堂本先生は私を頭からつま先までジロジロと見てきた。

「あなたって、しごき甲斐がありそうよね。腐《くさ》らずへこまず、いつも前向きっぽい。後輩だったらよかったのに惜しいわねぇ」

「え？　え？」

「あ。でもまあOTでも……」

堂本先生がブツブツとつぶやいていたときに、白衣の胸ポケットから着信音が聞こえてきた。彼女はPHSを手に取り、視線を落とす。

「ごめんなさい。行かなきゃ。今度、一緒に美味しいものでも食べに行きましょ。連絡先は遊馬先生から聞いておくわ」

「えっ！」

「あ。そうそう。今回の縁談話は私から先方へ断りの連絡を入れておくから心配しなくていいわ。それじゃあね」

颯爽と院内に戻っていく彼女をぽかんとして見送る。閑静《かんせい》な病院の出入口前にひとり残された私は、はっとした。

「あ、私も連絡！」

用事が終わったら由也さんに連絡する約束だった。

急いで出入口の脇まで移動して、メッセージを送った。


約二十分後、由也さんが近くまで迎えに来てくれた。

「わざわざ迎えにきていただいてありがとうございます」

本当は私が由也さんのマンションへ向かうつもりだったのを、メッセージで《迎えに行くよ》と言われて厚意を受け取った。

「いや。本当は俺が向こうに行くつもりだったから、それを思えば全然。ところで西《にし》麻布《あざぶ》に用事があったの？」

「えーと、実は今……堂本先生に会いに」

「はっ？」

彼らしからぬすっとんきょうな声が上がる。

私は彼の横顔を見て、ぽつりと答えた。

「あの、もう一度だけ話をしたくて。なんていうか、決意表明を。私の自己満足です」

由也さんはすぐには返答せず、数秒経ってから小さく「そう」とつぶやいた。

心証悪くしたかな、とハラハラしていた直後、右手を握られた。驚いて彼を見上げると、柔らかく微笑んでいる。

「いや……君はそういう人だったなって。そんなところが好きなんだよな」

頬が熱くなる。私は由也さんと会うのが久々なのもあり、微笑みかけられただけでやたらとドキドキしちゃう。

「あ！　どうしましょう。どこへ行きますか？　私の予定のせいでなにも決めてなかったですよね」

あたふたして投げかけた質問に即答される。

「それなんだけど、この後ちょっと付き合ってほしいところがあって。向こうにタクシーに待っててもらってるから行こう」

「タクシー？」

私が首を傾げるも、なにやら急いでいるらしく、彼は私の手を引いて足早に移動を始める。タクシーに乗車した後も、彼は行き先を秘密だと言って教えてくれなかった。

そうしてタクシーで連れて来られたのは、都内の高級老舗呉服店《ごふくてん》。

未だ状況についていけない私に、由也さんは言った。

「この間、東京駅に送る途中に千夏が微笑ましそうに浴衣姿の人を眺めてるの見て、浴衣を着てデートしたいと思ったんだ」

「えっ」

なにげなく零した私の言葉がきっかけで⁉

申し訳ないと思うのも束の間、すでに店員へは話が通っているようで、すぐに私に似合う浴衣を選んでくれた。それだけではなく、着付けから髪のセットまでしてもらい、気づけばあっという間に変身させられていた。

店員に満面の笑みで見送られ、私たちは外を歩く。

「あの……なんだかすみません。私がなんとなく言ったことのために」

「俺が見たいのは心苦しい顔じゃなく、君の笑った顔なんだけどな」

彼に微苦笑を浮かべながら言われ、おずおずと頭を下げる。

「……ありがとうございます。これ、可愛くてとても気に入りました」

私が着ている浴衣は、円形を重ねた七宝《しっぽう》と言われる和柄。露草《つゆくさ》色の生地に朝顔や向日葵《ひまわり》の花が描かれている。そして、朱色の帯が華やかさを演出していた。

いろんな感情はあるけど、思い切って素直に伝えてはにかんだ。すると、由也さんは満足げに口元を緩ませる。

「ああ。千夏に似合ってる」

「由也さんも素敵ですよ。スタイルがいいと、なんでも着こなせちゃうんですね」

彼もまた浴衣に着替えていた。紺地《こんじ》に白の細いストライプが入ったシンプルな浴衣なのに、由也さんが着ているだけでなぜか際立って見える。

「ありがとう。迷ったんだけど、せっかくだから俺も着たほうがいいかなと思って」

「あ。それで今日は車じゃなくてタクシーだったんですね。和服じゃ運転しづらそうですもんね」

「うん。ごめん」

「全然！ 謝らないでください。私、由也さんの浴衣姿が見られてうれしい……」

うっかり本音を口にしてしまい、急に恥ずかしくなって俯いた。

ただでさえ普段からドキドキしてしまうのに、見慣れない浴衣姿の由也さんに、いつも以上にときめく。

「千夏が喜んでくれるなら、毎年恒例の行事にしようかな」

「えっ」

「千夏の浴衣姿を毎年見られるならそれもいい」

歯の浮くようなセリフを言われ、たじろいだ。

それから再びタクシーで移動をする。由也さんがタクシーに乗り込んだ直後、運転士さんに「埠頭《ふとう》のほうへ」とお願いしているのを聞いて尋ねた。

「確か毎年今日辺りに大きな花火大会があるからそこへ行くのかなって思ったんですけど、埠頭へ向かうんですか？」

ふたりで浴衣を着てデート……と考えたら、花火大会が頭に浮かんだ。ただ、今向かっているのは花火大会の会場ではない気がして確かめた。

「そう。知ってる？　花火鑑賞《かんしょう》クルーズ。人気らしいけど今回知り合いのツテもあって、キャンセル待ちさせてもらってた枠《わく》が取れた」

私は予想外の返しにきょとんとする。

「クルーズ……船？　え？　そんな鑑賞の仕方があるんですか？」

「船、苦手だった？」

「いえ。乗り物には強いほうなので。そうなんだあ……それはますます楽しみです」

浴衣を着て花火を見に行くこと自体小学生以来なのに、最高のシチュエーションでの花火デート。ワクワクせずにはいられない。

その後、目的の場所に到着し、クルーズの受付を無事済ませた。

出発の時間まで近くのカフェで遅めのランチを済ませ、乗船の時間になって船乗り場へ向かう。すると、てっきり大勢で乗る大きいクルーザーだと思っていたら、少人数向けのオープンクルーザーに案内されて驚いた。

「えっ。私たちだけ……？」

「花火大会って人で賑わう中っていうのが醍醐味《だいごみ》かもしれないけど、今日はふたりでゆっくり見よう」

由也さんはそう言って先に乗ると、私に手を差し出した。

洋服だったら難なくこなせる動作も浴衣に下駄《げた》だと不安定だ。だから彼が支えてくれた手にとても安心した。

一度繋がった手はそのまま。

由也さんはデッキにセッティングしてある椅子へエスコートしてくれた。

ふたり揃って浴衣を着て、船に乗って花火鑑賞だなんて……。中学生の頃の自分に聞かせたらびっくりするだろうな。多分信じてくれなそう。

ついひとりで「ふふっ」と笑いを零したら、由也さんが眉尻を下げて聞いてくる。

「なに？」

「いえ。未だに現実味がなくて……気持ちがふわふわしてるなあって」

もう一脚《いっきゃく》の椅子に座った彼は、まだ暗い空を遠く見つめてつぶやいた。

「ふわふわね……。俺もしてるよ。千夏を見つけてからずっと」

薄暗い中にいる由也さんの横顔を見つめる。私は彼の手をきゅっと握り、夢ではないことを無意識に確かめた。

「千夏」

急に凛とした声で呼ばれ、ドキリとする。

「はい」

「俺、仕事も患者もその家族とも、それぞれ丁寧に向き合いたいと思ってるし、そうなれるよう心がけてる。もちろん千夏へも同じ気持ちだ。でも君に関しては、もしかすると俺は仕事みたいに一歩引いて冷静に考えられなくなるかもしれない」

彼は真剣な面持ちで遠くの空を見つめ、時折手元に視線を落としつつ、さらに言葉を紡ぐ。

「きっと君がほかの男といれば嫉妬するし、俺から離れようとしてるって思ったら、なりふり構わず繋ぎ止める」

ふいにこちらを一瞥したかと思えば、苦笑交じりに言った。

「感情をコントロールするのは職業柄得意なはずなんだけどね。君の前では俺はただの余裕のない男になってしまう」

彼はおそらくそんな自分を『カッコ悪い』と思って話している気がする。しかし、私にはそう感じない。

好きな人に嫉妬されたり焦ったりされるのは、正直うれしい。

私は瞬きもせずに由也さんを見つめる。

刹那、彼の顔がおもむろにこちらを向いた。

決意や情愛を滲ませた瞳は至極綺麗だ。

私は周りの音も聞こえなくなって、ただ彼の両眼に惹きつけられる。

「だけど、君だけなんだ。患者に対するように一方的に相手の幸せを考えるんじゃなく、俺自身も幸せになりたい――幸せを共有したいって思うのは」

冷静な彼がここまで情熱的になって伝えてくれる想いに、私は感涙《かんるい》した。同時に彼への恋慕《れんぼ》の想いが滾々《とうとう》と湧いてくる。

「覚えていて。なにがあってもこの手を離す気はないから」

「……はい」

涙ぐんでいて喉が震えた。滲む視界に映った彼は優しく微笑んで、そっと唇を寄せた。重なった瞬間、また胸が震えて目尻に涙が浮かぶ。

彼はゆっくり離れていった後、ささやいた。

「今のが俺の決意表明」

それは今日、私が待ち合わせ直後に口にした言葉と同じで、目をぱちくりとさせた。

瞬間、ドン！　と大きな音が辺り一帯に響く。

私たちは夜空に現れた煌《きらめ》く光に意識を向けた。立て続けに鳴り続ける重低音と、輝く光の環《わ》がビルの合間の空に繰り返し描かれる。

「わあ。水面にも映し出されて二倍綺麗……」

「本当だ」

仰ぎ見た先には緑や赤、青と、色とりどりに変化する花火が私たちを見下ろす。

迫力ある花火に魅了され、華麗《かれい》な花火が打ち上げられては儚《はかな》く消えゆくのを瞳に映していた。

ときどき花火に照らされる彼の横顔を見つめ、私の心臓はずっと早鐘を打ったまま。

どれだけ心音が大きくなっても、ここでは花火の音でかき消される。

私は綺麗な花火に感嘆しつつ、彼からもらった言葉を反芻する。

時間が経っても心は落ち着くどころか、胸が高鳴るいっぽうだった。

7．思い出の場所で、手を繋いで

八月。私が住む地域ではもうすぐお盆を迎える時期。

この間の花火大会の日のこと。あの翌日、急展開があった。

事の始まりは花火が終わった後、父からお盆休みの確認の電話がきたところから。

普通に話をしていたつもりだったのに父は妙に勘が鋭く、結局私が東京で彼と一緒にいることが伝わってしまった。すると、父は半ば強引に『都合がつくなら明日にでもふたりで来い』と言い、由也さんはあっけなくそれを承諾《しょうだく》したのだ。

彼へはすでに、父が一度連れてくるように言っていたとは話していた。とはいえ、さすがに急すぎて私のほうが戸惑った。

当日は、退院して変わりなく過ごしている祖母も同席した。私は終始緊張していたけれど、うれしそうにして私と由也さんを眺めている祖母の姿だけは見ていてこちらまでほっこりした。

由也さんはというと、私と違って動揺もせず家族に対して完璧《かんぺき》に応対してくれた。でも、一見すると落ち着いていているように思えた彼も、後で聞いたら『初めて任されたオペレベルで緊張した』と苦笑していた。

それと、由也さんの縁談の話は立ち消えになったと聞いた。前に堂本先生が、断っておくからと言っていた通り、彼女が話をつけてくれたらしい。その後、由也さんもお祖父様に話をし、朋也さんも加勢してくれてなんとか納得させたと知らされていた。

諸々《もろもろ》無事に済んだものの、由也さんとはそれ以降会えていない。私が土日出勤だったり、休日は逆に彼が当直だったりとすれ違っていた。

定時過ぎ、私は資料作成のためスタッフルームに残っていた。

刑部さんとほかのスタッフたちは順に帰っていく。最後に室内に残っているのは私と恵さん。

「佐々さん、お盆は帰省《きせい》するのー?」

恵さんは椅子のキャスターを転がして近寄るなり、そう尋ねてきた。

「そうですね。毎年家族でお墓参りに行きますから。本家が長野《ながの》なので長野まで」

毎年うちの職場では、夏休みと称《しょう》してスタッフが交代で三日間の休みをもらえていた。私の今年の休日は、祝日を挟んだ三日間。

「へー。長野！　そっかあ。私は実家近いし日帰りだけど、妹夫婦がねー。子ども連れて来るんだよねえ」

私は資料作りの手を止め、恵さんを見た。

「あまり仲がよくないとか……？」

「ううん。妹とも妹の旦那さんとも仲いいよ」

恵さんの顔色を窺うも、あっけらかんと返されて首を捻る。ピンと来ていない私に彼女はずいと顔を近づけ、目を細めた。

「親よ、親。特に実母が、私に対して結婚しないのかとか子ども産む気はあるのかとか干渉してくるの。あれはうんざりするわあ」

「そうなんですか……」

天井を仰いで嘆く恵さんに圧倒されていたら、急に視線を向けられてドキリとする。再度距離を詰められたかと思えば、彼女は声のトーンを落とした。

「その点、佐々さんはいいよねえ。あーんなハイスペックな彼がいたら、親はなにも言ってこないでしょ？」

恵さんの冷やかし交じりの発言に、私は愛想笑いをして肩を窄めた。

以前由也さんとの関係について、恵さんに話を聞いてもらいたいとお願いしていたが、堂本先生や噂の件が落ち着いた翌週のうちに彼女へはすべてを話していた。

恵さんはかなり衝撃を受けていたけれど、これまでの経緯をひと通り明かしたら、真剣な顔つきで『頑張って』と応援してくれた。

「まあ……私の両親は……多分もうなにも言ってはこないと思いますが」

私が歯切れ悪い返しをすると、恵さんは瞳に同情の色を浮かべる。

「あ。ごめん……。今いろいろ察した。相手がすごい人だと、それはそれで問題にはぶつかるよね。でも負けないでよ。だってふたりはもう運命じゃない！　絶対結ばれてほしい！」

どうやら恵さんは恋愛漫画やドラマなどが好きなようで、私と由也さんの状況は大好物らしい。

熱いエールを送られ、私は「ありがとうございます」とお礼を言ってはにかんだ。

その後、私たちは業務に戻って六時過ぎに病院を出た。
職員玄関で恵さんと別れ、自転車置き場に着いたときにスマートフォンが鳴った。
ポップアップを確認すると、由也さんからメッセージ。
《お疲れ様。今日、電話してもいい？》
《お疲れ様です。急ぎでしたら、今でも大丈夫ですよ》

私が返信した直後、電話がかかってくる。本当に急用なんだと思うも、用件を予測できずに眉を顰めて応答した。

「もしもし？」

『千夏。今帰り？』

「はい。まだ病院の敷地内です。あの、なにか……？」

『いや……その……』

言い淀む由也さんはめずらしい。私は駐輪場の端に立って、スピーカーに意識を集中させる。

『親が千夏に会いたがってるんだ』

聞こえてきた想定外の言葉に、目を剥いて固まった。

『朋也が余計なこと吹き込んだみたいで……。親は俺に恋人がいるって耳に入って、千夏に会いたいって言ってるんだ。それで、千夏は夏休みもらって帰省するって言ってたし、もしよければタイミングが合えばって相談なんだけど、どうかな』

「え……と」

ご両親に呼ばれるなんて青天《せいてん》の霹靂《へきれき》。いくらつい最近、由也さんとの将来について考えたっていったって、ご家族への挨拶はまだ考えてもいなかった。

戸惑いを隠せずにいると、由也さんはやんわり撤回する。

『あー、ごめん。お盆のために帰省するって話だったよな。この話はまた改めて』

「祝日にっ……」

慌てるあまり、思いのほか声が大きくなってしまって一度口を噤んだ。私はひと呼吸置いて、言い直す。

「来週の祝日は……大丈夫だと思います。うちはいつもなるべく空いている平日を選んでお墓参りに行くので」

『本当にいいのか？』

「はい。ちょっと急で驚いちゃいましたが、よくよく考えたら、前回由也さんが同じ状況に立たされてましたよね。すみません。今度は私がきちんと受け止める番ですね」

『いや。それは気にしなくていいから』

彼は私を気にして、この話をなかったことにしようとしている。そう察した私は、背筋を伸ばして凛とした声を出す。

「いえ。由也さんが迷惑じゃないなら、ぜひご挨拶させてください。私ももう一歩前に進みたいです」

結婚を急いでいるわけじゃない。彼の隣に堂々と立っていたいと思っただけ。彼のそばにいることをご両親に受け入れてもらえたら、きっと由也さんも安心できるはず。

『ありがとう。じゃあ、話を進めておくよ。当日はなるべく君に負担をかけないようにフォローするから。まあ心配いらないさ。両親はただ君に会いたいんだ』

由也さんの声が、僅かに明るく感じられた。

「はい。よろしくお願いします」

『とりあえずまた連絡する。気をつけて帰れよ』

通話を終え、肩の力を抜いた。無意識に相当力を込めていたらしい。

緊張する。反面、試合中みたいな高揚感《こうようかん》もある。

私はゆっくり息を吐いて空を仰ぐ。それから、自転車に乗って帰路《きろ》についた。

あっという間に一週間が過ぎた。

東京へ戻った日、家族で長野までお墓参りに行き、帰宅してきたのは夜九時過ぎ。くたくただった私はゆっくり入浴した後、ソファで休んでいた。そこに着信がくる。

私は発信主の名前を見て、部屋へ移動した。

「もしもし。お疲れ様です」

『久々に家族水入らずはどう？』

電話の相手は由也さん。私はベッドに腰を下ろし、心地いい彼の声に耳を傾けた。

「そうですね。ちょっとした日帰り旅行みたいで疲れましたけど、家族団欒《だんらん》はこういうときくらいだし、ちゃんとお参りもできたし、いい一日でした」

『それはよかった。ところで明日、家まで迎えに行こうと思うんだけど迷惑？　ご両親も気を遣うかな』

『明日』と言われた途端つい緊張が走る。ふとハンガーラックにかけてあるワンピースに目を向けた。

明日はいよいよ彼のご両親と対面する日。

あまり気にしすぎないようにと一日過ごしていたものの、やはりそう簡単に切り替えられない。どうやったって緊張はする。

「両親へはもう明日のことは話してますし、大丈夫だと思います。でもわざわざ大変じゃないですか？」

『俺は平気。じゃ、明日十一時に迎えに行くよ』

「わかりました。よろしくお願いします。それじゃあ明日」

由也さんの『おやすみ』の声を最後に通話を終え、ベッドに仰向けに寝転んだ。

明日の詳細は不明だけど、四人で昼食をとるということは聞いている。その際、服装はラフな格好は避けたほうが無難かも、と由也さんが事前に伝えてくれていた。なにやら少々かしこまった店を予約しているらしい。

そんな立派な店に行くのも不安だけど、なにより顔を合わせて挨拶した後、どんな反応が返ってくるのかが一番怖い。

『千夏に会いたがっている』と聞かされ、正直喜びより不安が勝っていた。

それでも、堂本先生が以前忠告してくれたおかげで、ある程度言われるかもしれない事柄は頭にある。

伝統ある病院の医師の妻として相応しいのか。子どもを授《さず》かり、跡取りとして育て上げられるのか。――そんなふうに品定めでもされるかもしれない。

でも、避けては通れないと重々《じゅうじゅう》承知している。由也さんをあきらめないと決めたのだから、逃げ出すわけにはいかない。ここまで来たら覚悟を決めるだけ。

私は深呼吸をして気持ちを落ち着け、明日に備えて早寝をした。

昨夜はなかなか寝つけなかった。ベッドに入って瞼を閉じたら、心配事がいろいろ浮かんできて、そのうち頭が冴えてしまった。

寝不足の顔はメイクでどうにかごまかし、迎えに来てくれた由也さんと一緒に待ち合わせの店へと移動する。

車を走らせてすぐ、彼は言いづらそうに零した。

「緊張してる？……よな。どう考えても」

「はい。それはもう……。頭の中がいろんな展開を想像して混乱しきりです」

「そんなに？」

苦笑交じりに返す彼の横で、深く俯いたまま頷く。

私は自分が極端にプレッシャーに弱いと感じたことはない。それなりに緊張はしても、大抵本番は乗り切れた。しかし、今回ばかりは自分がどうなるか、まるで予測ができない。それがなによりも不安だった。

由也さんが横断歩道の前でブレーキを踏み、私の手を握る。

「千夏。顔上げて」

そう言われ、車に乗ってからずっと下を向いていたと初めて気づく。顔を上げれば、由也さんが柔和な面持ちでこちらを見つめていた。

「俺が隣にいるから、ひとりでプレッシャー感じないで。寄りかかって」

きゅっと力を込められた手に、安心感を覚える。

私は小さく「はい」とつぶやいて、前を向いた。

その後、到着したのは一軒の日本料亭。

大きくはないが店構えからしてとても厳《おご》かな雰囲気で、由也さんが服装についてアドバイスしてくれた意味を理解した。

和風の庭園を歩いていく彼に続き、店内に足を踏み入れる。私たちに気づいた店員は、由也さんが名乗る前に誰だかわかった様子でスムーズに案内してくれた。

店員が個室の襖の前で声をかける。その行動ですでに由也さんのご両親がいらっしゃるのだとわかり、一気に緊張が高まった。

室内から返事がきて襖を開けると、精悍な顔つきの男性と品のある女性が並んで座っていた。

「連れてきたよ」

由也さんは開口一番にそう言って、座敷に上がった。

私も一度頭を下げてから座敷に入り、膝を折って改めてお辞儀をする。

「こんにちは。初めまして。佐々千夏と申します」

危うく声が裏返りそうだった。

ますます心音が激しくなるのを感じ、緊張が最高潮に達する。

「千夏さん。今日はありがとう。まあ席に着いて」

私は由也さんのお父様《とうさま》の声かけで姿勢を戻すと、面接のように硬い表情で「はい」と答え、座布団《ざぶとん》に座った。

由也さんがお父様の向かい、私はお母様《かあさま》の正面に腰を据える。彼のご両親をまじまじと見ることはできないものの、ちらりと姿は窺った。

お父様は、やはり大きな病院の院長だけあって風格《ふうかく》がある。スーツもりゅうと着こなしていて、おそらく同年代の男性と比べて若々しいほうだ。その隣のお母様は美人で、振る舞いなどから聡明そうな印象を受けた。

ちなみに、由也さんは少しお母様の面影《おもかげ》があると感じた。

「由也の父の茂彦《しげひこ》です」

「母の沙苗《さなえ》です」

ふたりに挨拶され、私は「よろしくお願いします」と会釈をした。

そこからは由也さんがうまく間《あいだ》に入ってくれて、どうにか会話も途切れずに済んでいた。けれども、私の緊張はそう簡単に解れはしない。

目の前に並ぶ天然鮪《まぐろ》やふぐの白子、神戸牛《こうべうし》などはどれも美味しそうとは思うものの、余裕がないのであまり手も付けられない状態だ。渇いた喉を潤《うるお》すために、お父様に選んでもらったお酒をちょっとずつ口に含む程度。

私がグラスを戻したとき、お父様はにこやかに話を投げかけてくる。

「千夏さんはOTなんだってね。あれは結構体力いるだろう？」

「はい。でも私、長くスポーツをしていたので今のところ大丈夫そうです。それに目指していた職に就けて、すごく充実しています」

自分の話をするのは楽だ。これまでのこと、今感じていることを丁寧に口にすればいい。

そこにお母様が質問を重ねる。

「そうなの。スポーツってなにをやってらしたの？」

「ソフトボールです。父が野球好きだった影響で」

「へえ。それは初耳だ」

お母様へ答えたのに、隣の由也さんが興味津々に頷く。私はそれがなんだかおかしくて、自然と笑顔が零れた。

和気あいあいとした空気の中、お父様がさらに尋ねる。

「そういえば、今はどの病院に？」

なにげない一般的な会話の一例だとは思う。けれども、私は東京にいる由也さんと離れて生活している事実にどこか罪悪感を抱いた。口の端を引き上げながらも、不安な気持ちで答える。

「あ……福島のほうで」

「福島？　じゃあ、お互い会うのも大変じゃないか。ご実家は東京だと聞いているが、こちらへは戻る予定はないのかな？」

お父様の反応は至極当然だと思う。息子と付き合っているなら、息子のそばにいてもらいたいと願うはずだもの。

気まずい思いで言葉を探していると、由也さんが横から牽制《けんせい》する。

「父さん。そういう話は今いいだろ」

彼が気を遣ってくれているのがまた心苦しい。

私は懸命に自分の中にある意思や感情のパーツを集めて、必死に〝答え〟を考える。

「由也の話だと、医師を志《こころざ》すきっかけをくれたのが君だそうじゃないか。そういう人には、やっぱりそばにいてもらいたいと思うのは普通だろう」

お父様の発言は私の度肝を抜いた。

私が彼の背中を押したきっかけであることを知ってるんだ。

それはつまり、由也さんが事前に私について話してくれていたという事実。

実際は、自分が彼のためになにか大きなことをしてあげたとは思っていない。だけど、そんなふうに私の紹介をしてくれていたと知り、胸の奥が熱くなる。

「正直、時期はまだわかりません。私はあまり器用じゃなく、今を考えるのに精いっぱいで。ただ――」

私の言葉の間に、全員がこちらを注目する。

私は一度唇を引き結び、由也さんを一瞥して微笑んだ。

「そばにいたいと強く思っているのは多分私のほうなので、契機《けいき》が訪れればそうなるかなとは考えています」

「えっ……」

私の言葉に由也さんが声を漏らす。しかし、由也さんが動揺しているのも構わず、お父様が口を開いた。

「契機とは、こちらでの就職先のことを言っているのかな？　それならわたしのほうでどこかいいところを探して紹介を」

「やめ……っ」

「すみません。お気持ちだけ頂戴《ちょうだい》いたします」

お父様の提案に由也さんが慌てて口を挟みかけた。が、私が自ら言下に断る。

私は真剣な目をお父様に向けて座布団から下り、手をついてやおら頭を下げた。

「生意気を言って申し訳ありません。実は私……打てない球を何度も何度も追いかけた後のインパクトの瞬間が——堪らなく好きなんです」

全員が私の発言に面食らっているようで、なにも言わずにいる。

一番先に反応を示したのは、やはりお父様だった。

「は……球……？　インパクトって」

「インパクトというのは、バッティングでボールが当たる瞬間のことです」

はきはきと答えると、周りはさらに目を白黒させる。

「楽に打てる球より、難しい球を打てたときのほうが成長してるって実感できるんですよね。それってソフトボールだけじゃなく、すべてに当てはまると思っていて。ですので、この先も自分の努力で一歩ずつ進んで行きたいんです」

いつしかもう、緊張などどこかに吹き飛んでいた。

ただ純粋に私という人間を知ってほしくて、思いの丈《たけ》を伝える。

私はこれまで歩んできた自分の経験に誇りを持っている。

だからこの先も、道は自ら切り拓《ひら》いて歩いていく。

「あっ……。でももう私ひとりじゃなくて、由也さんと一緒に……ですね」

最後はしどろもどろになって、格好がつかない自分に苦笑する。由也さんはそんな私を見て、とても柔らかな表情を浮かべた。その後、ご両親を見据える。

「こういう逞しい彼女がとても魅力的で、俺もいい刺激をもらえるんだ。今後どうするとかは、ふたりで決めていくから。俺と千夏に任せて……信じてほしい」

由也さんの力強い言葉に感動し、心が震える。

「あなた」

「外野が先走って悪かった。千夏さん、失礼をしました。そもそも医師になってもくれなそうな雰囲気だった由也に医療の道を勧めてくれただけで、感謝しています」

お母様の声かけで、お父様が頭を下げる。私は慌てて首を横に振った。

「いえっ。そんな！　やめてください。私、本当に大したことは……」

お父様はおもむろに顔を上げ、私たちを交互に見やって静かに諭《さと》す。

「医師も親子も夫婦も、信頼関係が大事だと思う。健《すこ》やかに日々充実して過ごすためには相手を信じ、自分を信じてくれる人たちに囲まれるのが理想だ。お前たちの間にはもう強い絆があるようだから……。ふたりで支え合っていけばいい」

破顔して言われ、私と由也さんは目を見合わせた。

「未熟者の言い分を広い心で受け止めていただいたうえ、温かなお言葉をいただきまして本当にありがとうございます」

私は心から感謝の気持ちを込めてそう伝えると、改めて頭を下げた。

料亭を出てから、和やかな雰囲気で彼のご両親と挨拶を交わす。

「今日はごちそうさまでした。ありがとうございます。あの、お口に合えばうれしいのですが」

私がお礼の言葉とともにお母様に差し出したのは、昨日用意した長野のお土産《みやげ》。

「ありがとう。千夏さん、これからも由也をよろしくお願いします」

「はい」

そうして私たちは由也さんのご両親と別れ、駐車場に移動した。

車に乗るなり、一気に脱力する。

「ふー。き、緊張しました……。大丈夫でしたよね？　私……」

「うん。全然。むしろカッコよかった」

由也さんが即答した言葉に照れつつも、ほっと胸を撫で下ろす。

「よかった。由也さんのご両親、すごく優しいですね」

「親たち、千夏のこと気に入ったみたいだった」

「そうですか？　じゃあこれから失望されないようにしなきゃ」

まだスタートラインに立てたかどうかというくらいなのはわかっている。だけど今だけ……と心地いい高揚感に浸っていた。

車が動き出し、窓の向こうの景色をぼんやり瞳に映し出していると、少ししてから由也さんが口を開く。

「千夏。まだ時間ある？」


彼の誘いにふたつ返事でＯＫした私は、懐かしい場所を訪れていた。

そよ風に揺れる木々の緑。遠くで響く人の声。木陰《こかげ》のベンチ。それらは記憶の中の光景とさほど変わらない。

「懐かしい～。今日もやってますね、少年野球」

ここは私たちが出逢った場所。

私は定位置だったベンチの左側に座り、野球の練習光景を見て微笑む。

「案外変わってないものですね。あれからだいぶ経つのに」

「ああ」

「あ。自動販売機もあのままですね」

「本当だ。ちょっと待ってて」

由也さんはそう言い残し、自動販売機へ向かう。ペットボトルを二本抱えて戻ってきた彼は、私に両方差し出した。

「ん。どっちがいい？　今回は一本ずつな」

炭酸飲料とスポーツドリンクを見て、思わず吹き出す。

「あはは。本当、由也さんって記憶力よすぎませんか？　そうでした。私が具合悪くなったときは、私が二本とももらったんですよね」

「そう。保険でな」

「ふふ。うーん、こっちで。ありがとうございます」

懐かしい気持ちを抱きながら、スポーツドリンクに手を伸ばす。由也さんは私の隣に腰をかけて、ペットボトルのキャップを開けた。

私は遠目で野球少年を眺めて零す。

「キャッチボールしてますね。そういえば春季くん、グローブとバット買ってもらったって言ってました。今度一緒にできたらいいな～」

彼は黙って私の話を聞き、炭酸飲料から口を離した後にぽつりと尋ねてくる。

「今の職場……辞《や》めるっていつから考えてたの」

ふいに持ちかけられた話題に、目を瞬かせる。

それは、さっき彼の両親へ伝えた内容だ。

「いつって言われたら、やっぱり堂本先生のひとことがきっかけでしたけど。まだ具体的な時期までは」

堂本先生に言われて考えたものの、薄っすらと想像するくらいだった。

あのときはそこまで具体的に考えるよりも、まずは現実と自分の気持ちに向き合うのが先だったから。

今回、彼のご両親に会う運びとなり、多少は考えていたことをお父様に突きつけられて、明確な答えを弾き出した感じだった。

「苦渋《くじゅう》の決断なんじゃないの？　俺は無理させてまで呼び寄せたいとは思ってない」

由也さんの表情が晴れない。

私はスッと立ち上がり、視線を落としている彼の前に移動する。私に陽射しを遮られて影を落とされた彼は、ゆっくりとこちらを見上げた。

「確かに、私はあっさりと退職できるほどドライな性格じゃないですよ。すごくお世話になりましたし、担当している患者さんも大事ですし」

風に靡く髪を耳にかけ、彼の双眼を見つめて続ける。

「だけど、あなたと生涯を添い遂げたいと思うから。これは必要な決断で、決してネガティブな気持ちではないです」

生きていくと選択の繰り返し。どれも大切なのは本当。だけど、ひとつも取り零さずに前に進むのは難しいと知っている。

どこかから離れても、誰かと別れても、失うわけじゃない。

ちゃんと自分の中に残り続ける。

「も、もしかして重いですか？　私。すみません、なんかひとりで盛り上がっ……」

突然由也さんに腕を掴んで引っ張られ、バランスを崩す。前のめりになった身体を彼はしっかり抱き留めた。

夏の匂いも野球の音も一瞬で消え去る。

今、私が感じているのは彼の感触と自分の激しい鼓動だけ。

「由也さん……？」

「……だから」

「え？」

「これだから、俺はいつもひたむきに前を向いている千夏に昔も今も惹かれずにいられないんだ」

由也さんはおもむろに腕を緩めていき、私の髪を避け、両手で頬を包み込む。

熱い瞳を向けたまま、僅かに目尻を下げた。

「あの日、ここで君と出逢えてよかった」

「――私も」

極上の笑みで返した瞬間、唇を重ねられた。

「これからも、ずっと一緒にいてほしい」

「はい」

この場所にふたりでいると、在《あ》りし日に戻った錯覚に陥る。

あの頃、伝えられなかった気持ちの続きをもう一度。

「好きだ。あの頃も、今も……君だけが」

私は地面に転がるペットボトルを気にも留めず、彼の広い背中に腕を回す。

「私も」とつぶやいては、誓いのキスさながら愛しい彼に口づけた。

番外編

由也さんのご両親へ挨拶を済ませてから、約七カ月半。

世間では入学・入社式などを控え、新生活を始める人も多く、なにかと慌ただしい時期。

ちなみに今春は私も例外ではない。このたび福島の職場を退職し、東京へ戻ってきたのだ。

清心東病院へは退職の三カ月前には相談し、患者のアフターケアや引き継ぎ等もきちんとして円満退社をしてきた。

向こうで知り合った春季くんは、あれからリハビリテーションをどんどんこなしていって、予定よりもだいぶ早くリハビリテーションを卒業できた。

先天性の疾患については、この先も注意を払わなければならないらしい。でも、手術以前と比べると、できることやこの先の時間が増えたと明るく笑って、元気に過ごしていた。

そして秋が深まった頃、春季くんが検診で訪れる日を知っていた由也さんは、術後の経過を診《み》る名目で福島へやってきて再会した。

そのときにちょうど私も遭遇して、春季くんには私たちが前々からの知り合いで、今も繋がりがあることを伝えた。

彼は私と由也さんが親しい事実を知って、すごく喜んでいた。私はそれがとてもうれしかった。

そんな春季くんとは、彼のお母さん経由でメールのやりとりをごくたまにしている。ときどきなにか楽しい出来事があったら、互いに近況報告をするという感じだ。

「ふー。今日はまずこんなものかなあ。一気にやろうとすると疲れるもんね」

私はダンボールの開封作業を一旦《いったん》止めて、リビングに足を向けた。

由也さんは、あいにく仕事で不在。春先だと引っ越し業者も立て込んでいたため、スケジュールを合わせられなかった。

冷蔵庫からペットボトルを出して、片手に持ちながら窓際へ歩みを進める。

「やっぱりすごい景色……。慣れる気がしないなあ」

ひとりでつぶやいて、ミネラルウォーターを口に含んだ。

目の前には、視界いっぱいに広がる都会の景色。

そう。ここは由也さんのマンション。私が越してきたのは彼の部屋だった。

年内の結婚を視野に入れて一緒に暮らそうと由也さんから言われ、初めは戸惑ったものの、うれしい気持ちに素直になって受け入れることにした。

由也さんの仕事柄、急遽呼び出されては約束をキャンセルというのはしょっちゅう。私ももちろん寂しいと感じたりはしたけれど、私以上に由也さんがつらかったようで、家へ帰れば会えるという環境を強く求めたのは彼だった。

もうひと口ミネラルウォーターを飲み、掛け時計を見る。時刻は午後三時過ぎ。

「そろそろ準備しようかな」

ペットボトルの蓋を閉め、今度はバスルームに向かった。埃《ほこり》をシャワーで落とし、服を着替え、ナチュラルメイクをしてマンションを出る。

そうして向かった先は——堂島総合病院、外科病棟。

「あ、佐々さん。荷解き終わったの？」

「堂本先生。お疲れ様です。いえ。途中でやめました。数日かけてコツコツやります」

濃紺《のうこん》スクラブに白衣を羽織《はお》る堂本先生は、相変わらずカッコいい。

「大丈夫～？　明日から仕事よ？」

彼女は髪をひとつに括っていたゴムを外し、ロングヘアを靡かせながら笑った。

「仕事はちゃんと頑張りますから」

私が真面目な態度で答えると、堂本先生は私を一瞥して目の前を横切って歩いていってしまう。

「それはもうなんとなくわかる。だから声をかけたんじゃない」

背中越しに言われ、私は「ありがとうございます」と返して彼女の後を追った。

昨年の夏の終わり頃。私が勤めていた職場に一本の電話が入った。その電話の相手が目の前にいる堂本先生だ。

彼女が言うには、私が堂島総合病院まで来て由也さんとの今後の決意を宣言した後、本当に由也さんに連絡をして私の連絡先を教えてほしいと頼んだらしい。彼はそれを即答で拒否したため、堂本先生は〝福島にいる東京出身の作業療法士〟だけで私を探し当てた。

突然連絡がきたときは驚きを隠せなかったが、彼女が『あらゆるコネクションを利用して探した』と告げた際、妙に納得した。

彼女であれば全国津々浦々《つつうらうら》、知り合いのドクターが多くいそうだし、ものすごく行動的だから。

そういった経緯で私は堂本先生と接点を再び持ち、熱心に口説《くど》かれて堂島総合病院にお世話になる運びとなった。

「大体こんな感じかしらね。詳しいことは明日改めてリハビリテーション科で聞いて」

さらりと院内の案内や説明をしてもらい、私は感謝の意を込めてお辞儀をする。

「はい。堂本先生、お忙しい中、ありがとうございました。事前に余裕をもって案内していただけたので、明日は業務の流れなどを覚えるのに集中できそうです」

「ならよかった。で、彼はなんて？　まだ私が佐々さんを引き抜いたこと、ぼやいてるの？」

「あー……」

私は目を泳がせて苦笑いを浮かべる。

由也さんは、堂本先生に私の連絡先を聞かれたことさえも教えてくれなかった。おそらく、彼女を警戒し、私を守ろうとしてくれたのだと思う。

私が堂本先生から引き抜きの誘いが来たと報告したときは、ものすごく驚いていた。そして頭ごなしに反対はしなかったものの、しばらくは『堂島でなくとも別の病院でもリハビリに精通しているところはある』と言っていた。

彼なりに私を心配していたからだとは理解している。でも、すでに私は堂本先生に対して好意を抱いていたし、堂島総合病院にも興味はあったため、最後はきちんと話して納得してもらった。

そういった経緯を思い返している私を見て、堂本先生は「ふ」と笑い声を漏らした。

「ま、聞かなくても大方《おおかた》想像できる。まだ嫉妬してるんでしょ？　本当、プライベートは別人なのね。ああ、佐々さんが絡んだときだけか」

「いや、それは……。そもそも嫉妬なんですかね……？　ちょっと私にはわからないですけど」

「嫉妬に決まりでしょ。自分の目の届くところに置いておきたかったってところね。淡白に見えて、意外に独占欲強いんだから」

他人にはっきり言われると、なんだか気恥ずかしくて肩を窄め、俯いた。

「感謝されてもいいくらいよねぇ？　だって、あなたがすんなりこっちへ戻れるきっかけを作ったのは私なわけだし。それに、遊馬記念病院で勤務なんかしたものなら、女性スタッフの反感買って針のむしろ……ってこともありうるでしょう」

堂本先生のひとことに「えっ」と漏らし、身震いしながら恐る恐る尋ねる。

「そ、そう……なんですか？」

「遊馬先生、クールだけどそこがいいって院内外問わずとても人気みたいよ。その点うちなら遊馬先生は関係ないし、心配ないでしょ。それともうちより行きたいところあった？」

「あ、いえ。私、以前からこちらの病院に興味はあったんです。最新機器を取り入れたリハビリテーションとか……学会発表も盛んですよね。緊張しますが、反面すごく楽しみでもあって」

思わず夢中になって話していたら、堂本先生がぽかんとしているのに気づいた。

「あの？　すみません、私なにか変なこと」

「違うの。普通、彼氏と一緒にいたいって多少は考えそうなものなのに、佐々さんは迷いもないのね。今の言葉もお世辞なんかじゃないって顔見たらわかった」

「私も医療従事者です。患者さんの未来を預かるからには、真剣に向き合うのが当然だと思ってます。仕事中はそれ以外考えられません」

堂本先生は髪を掻き上げて微笑んだ。

「ふふ。彼はあなたのそういうひたむきさに惹かれてるのねぇ、きっと」

そうして「じゃあね」と白衣の裾を揺らして颯爽と去っていく彼女を見送って、私も病院を後にした。

マンションへ戻ってきたときには五時を回っていた。

今日はこの後、七時からレストランでディナーの予定。もちろん一緒に行くのは由也さん。

少し休憩してから、そろそろ準備をしようとクローゼットと向き合った。本日二度目の着替えだ。

行き先は有名なホテルのレストランだと聞いている。

相応の服装をしなければマナー違反になるだろうし、なにより由也さんに恥をかかせるわけにはいかない。

真剣に服を選んでいると、チェストの上に置いてあったスマートフォンが音を鳴らした。手にしていた服を戻し、スマートフォンを見る。

由也さんからのメッセージだ。

《ごめん。急患が……。本当に申し訳ないけど、レストランの予約、後ろに時間変更可能か聞いてみてもらえる？》

「やっぱり……」

メッセージを開く前から、薄々予感はしていた。

正直言えば残念な気持ちは拭えない。でも、それよりも彼のほうが心配だ。

急な仕事に対応する中で、今夜の約束も絶対気にしている。そもそも、最近はあまり休んでいなかったと思うし、外食の約束よりもまず身体を休めることを優先したほうがいい。

自分の寂しい感情など二の次と思えるのは、彼が普段から私を大事にしてくれているのを知っているから。

ふたりで会う時間がなくても、彼はどうにか時間を作って電話をしてくれていたし、やっと会えたときはこっちが恥ずかしくなるほど私を甘やかす。

由也さんの中の優先順位は、私と患者とが同率一位で彼自身は下位だとわかるようになってから、常々自分も大切にしてと伝えてはいるのだけど……。

《無理して外食しなくてもいいよ。今夜はキャンセルしよう。そのほうが、由也さんも気にせず仕事に集中できるでしょ？　私のことは気にしないで》

私は迷わずそう返信し、クローゼットの扉を閉める。

由也さんに対し、敬語が取れていっそう距離が縮まったのは昨年末辺りのこと。言葉に壁がなくなったのと同時に、自分の考えや思いなども言いやすくなった。

十数秒後、《わかった。ありがとう。あとでまた連絡する》と返信がきたのを確認し、私はレストランに電話で事情を説明し、謝罪してキャンセルした。

その旨《むね》だけを彼へメッセージで送った後は、夕食の買い出しに出かけた。

夕食を終え、残りの荷解きをある程度済ませた頃にはすっかり夜も更《ふ》けていた。

私は寝る準備を済ませてベッドルームに入る。キングサイズの広いベッドの隅に横たわり、白く光るスマートフォンのディスプレイを見上げた。

《ごめん。日付越えそう。千夏、明日は初出勤だし先に休んでていいから。この埋め合わせは必ずする》

読み返していたのは、約四時間前に受信したメッセージ。

初めは由也さんの帰りを待って一緒に夕食をとろうと思っていたが、このメッセージを見てひとりで食事を済ませた。

ディスプレイの上部にある時刻を見る。たった今、零時を回った。

スマートフォンを枕元に伏せて置き、くるっと横向きになる。瞼をそっと閉じ、今日一日を反芻する。最後に想うのはやっぱり彼のこと。

寂しい。声を聞きたい。顔を見たい。

会いたい。触れられたい——。

遠距離だった頃と比べ、これからは毎日顔を合わせられる近さにいるのに。どうしてこんなに……。

胸の奥から沸々《ふつふつ》と湧いて抑えきれない感情に、自分でも戸惑う。

一緒に暮らすと決めたときから、密かに今日を待ち望んでいた。

この大きな落胆は、数カ月分の思いが今日に向けられていたせいだと苦笑する。

私はゆっくり深呼吸を繰り返し、冷静になって心の中でつぶやく。

〝由也さんは仕事〟

〝明日は初出勤だから早く休まなきゃ〟

〝由也さんにはすぐに会えるんだから〟

何度も繰り返していくうちに、引っ越しや新たな職場訪問の疲れがたたったのか、すうっと眠りに落ちていた。

夢の中で彼の匂いに包まれる。身体に感じる少しの重みと温もりが、幸福感に浸らせる。

穏やかな気持ちが残ったまま、私は瞼越しに明るさを感じて目を覚ました。

薄っすら開いた瞳には、カーテンの隙間《すきま》から柔らかな陽射しが見える。

まだどこか寝ぼけた状態で隣を見ると、あどけない寝顔の由也さんがいた。

彼が帰宅していたことにほっとして、自然と頬が緩む。彼の静かな寝息を聞いて目尻を下げ、柔らかな髪の毛をそっと指に絡めた。

「お疲れ様」

私は小さな声でささやいて、由也さんの頬に一瞬だけキスを落とす。刹那、彼が目を開けたから、驚きのあまり手を引っ込めて固まった。

「おっ……おはよう……」

由也さんはうつ伏せで枕に手を回した状態で、顔をこちらに向けた。

「おはよう」

「ご、ごめんなさい。起こしちゃった？」

「ん……。でも今日も仕事だし、千夏に会いたかったし」

起き抜けに臆面もなく言われたら、赤面しちゃう。

彼はおもむろに長い腕を伸ばしてきて、私の髪を撫でた。

「昨日はごめん」

「……もう。由也さん、この先ずっと一緒にいるのに、初日でそんなに気にしていたら胃に穴が開いちゃう。私は本当大丈夫だから」

「大丈夫なの？」

すぐさま聞き返され、しどろもどろになる。

大丈夫なんて半分は建前《たてまえ》だ。でもそれを伝えてもいいものか考えてしまう。

すると、由也さんは上半身を起こし、私の頭を引き寄せてキスをする。

「俺がいなくても平気なのは困る」

「そ、そういう意味じゃなくて……私だって早く会いたかった、し」

照れ交じりながらも懸命に伝えた。

彼は私の言葉と気持ちを受け取るなり、顎を掬ってもう一度口づけた。

「ん……っ」

数えきれないくらいキスをしていても、やっぱりいつもドキドキする。

時間も場所も忘れ、思考は目の前で熱い瞳を覗かせる彼で溢れる。

「俺、昨日を心待ちにしてた。千夏が毎日ここにいるんだって思ったらうれしくて」

心待ちにしていたと話す由也さんの気持ちは、彼の表情を見れば一目瞭然《いちもくりょうぜん》。心からうれしくて仕方ないといった幸せな顔つきでこちらを見ている。

「なんか朝からこんなの……照れる」

「そう？ これから一緒に暮らすってことは、当直以外は毎朝こんなかもしれないよ」

「そ、んな……って……え？」

由也さんの甘い言動に耐えきれなくなった私は、堪らず両手で顔を覆った。

刹那、違和感を抱く。

顔からゆっくり手を離していき、自分の手のひらに注目する。

「ようやく気づいた。サイズ間違ってなくてよかった」

由也さんはクスクスと笑って、私の左手をそっと取る。

知らない間に左手の薬指にはめられていたのは、エタニティリング。

「本当は昨日、予約してたレストランでカッコよく渡す予定だったのに、俺がチャンスつぶしちゃって」

彼は親指でそっと指輪をなぞりながら続ける。

「次の機会まで待とうか悩んだけど、千夏がここに引っ越してきた記念でもあったから当初の予定通り渡した」

こういうときって、本当にひとことも出せないものなんだ。

驚いたし、まだ信じられない気持ちもあるし……。だけど、すごくうれしくて感動して……なにから伝えたらいいのか。

由也さんは伏せていた長い睫毛を上げ、唇に緩やかな弧を描く。

「ちゃんと約束を守れなくてごめん。正直この先も同じようなことはあると思う。千夏は理解してくれてるからって、つい甘えてしまうから気をつけるよ」

「こんな……私、寝起きの顔で」

「俺がその無防備な顔を毎日見られるのをどれだけ待ち望んでたか……知らないだろ？」

由也さんは言うや否や、私の薬指にちゅっとキスをする。

微かな刺激だけれど、甘く心が蕩ける感覚に溺れ、彼を見つめた。頬が上気しているのを感じた瞬間、ベッドに押し倒される。

「きゃっ、……ン！」

ふかふかな布団に沈み込んだかと思えば、唇を奪われた。

優しく、ときには激しく求められる。とても幸せな時間。

彼のすべてが愛しい。

指を絡ませ、こめかみから滑《なめ》らかな手つきで頭を撫でられ恍惚とする。

「ずっと……ずっと待ってた。あの日、忽然と姿を消した君を。これからこうして千夏が毎晩俺のベッドで眠るなんて。自分の腕の中にいるなんて……信じられないほどうれしくて……」

抱きしめられている力に彼の想いの深さを痛感する。少し息苦しいと感じることさえ、幸福感に変換される。

「好きとかそんな言葉じゃ足りない」

最後にささやかれたセリフに胸は締めつけられ、堪らず瞳が潤んだ。

もうなにかに縋らないと自分の激しい心音に呑み込まれそう。

私は無意識に逞しい背中に手を回した。

「……もう。仕事なのに……泣かせないで」

由也さんの胸に顔を埋め、ぽつりとつぶやく。

「ごめん。泣かせるつもりじゃなかった」

彼は笑って私を抱きかかえたまま、くるっと反転した。私は短い悲鳴を上げる。

彼は自分の上に乗っている私を見上げ、情愛に満ちた瞳を向けて言う。

「結婚指輪は今度一緒に見に行こう」

「……うん」

面映ゆい気持ちで答えると、由也さんは片腕で顔を覆ってつぶやいた。

「あー……早く休みになってほしい」

彼の本音に笑いが零れる。

私は自然と彼にキスを落としていた。

ふいを突かれた由也さんは、腕を外して目を見開く。

「指輪、ありがとう。私も早く休みになってほしい。一緒にゆっくり過ごしたい」

「この状況でそのセリフは……よくないな」

「えっ」

「――責任取ってくれる?」

熱のこもった瞳を見せ、ひと掬いした私の髪の毛に口づける。

気づけば私はまたベッドに仰向けにされていて、彼の甘い唇を受け入れていた。

END

あとがき

こんにちは。このたびはこちらの作品をお手に取ってくださいまして、誠にありがとうございます。

今回は自身初のドクターものでございました。いかがでしたでしょうか。

執筆するにあたり、多方面から情報を収集したりして結構苦労したのですが、改稿作業あたりにはものすごく、『この話好きだな』と感じておりました。自分でそんなことを言うのは少々恥ずかしいのですが……（笑）。個人的に、久々に甘酸っぱいといいますか、十代の頃のような恋を描けた気がしてとても満足しております。

読者の皆様にも、同じような感想を持ってくださる方がいらっしゃったらうれしいです。

また次回も、私自身が楽しめて皆様にも楽しんでいただける——そんな作品を描きたいと思っております。

宇佐木《うさぎ》

マーマレード文庫

再会求愛
～一途なドクターは初恋の彼女を甘く奪いたい～

2021年12月15日　第1刷発行　定価はカバーに表示してあります

著者　宇佐木　©USAGI 2021
発行人　鈴木幸辰
発行所　株式会社ハーパーコリンズ・ジャパン
東京都千代田区大手町1-5-1
電話　03-6269-2883（営業）
0570-008091（読者サービス係）
印刷・製本　中央精版印刷株式会社

Printed in Japan ©K.K. HarperCollins Japan 2021
ISBN-978-4-596-01890-8

m a r m a l a d e b u n k o